KB057982

1

목현고등학교는 언뜻 버려진 성처럼 보였다. 담쟁이덩굴로 가득 덮인 붉은 벽돌 건물은 지어진 지 100년이 다 되어 조만간 근대 문화유산으로 등재되겠다는 말도 돌았다. 하지만 초록 덩굴도 사라진 겨울이 찾아오면 낡을 대로 낡은 건물은 한때 잘나가다 힘을 잃은 일진처럼 보기가 민망했다. 외진 곳에 있는 데다 밤이 되면 더 을씨년스러웠고 쓸데없이 순찰할 건물도 많았다. 오후에 출근해서 밤새 학교를 지키는 당직 기사들은 채 1년을 버티지 못했다.

"해거름까지는 있을 만한데 밤이 영……."

"거참, 학교가 다 거기서 거기지."

"새로 온 교장이 영 까다로워. 구석구석 보라고 어찌나 성화인지……."

"교장들이 다 거기서 거기지. 아무것도 모르는 선생 나부랭이들."

김 씨는 전임자의 말에 코웃음을 쳤다. 원래 학교라는 곳은 애들 없으면 낮에도 무서운 기운이 도는 곳 아닌가.

"아, 그게 아니라……. 하여튼 비 오는 밤에는 괜히 외부 순찰하지 말어. 그냥 설렁설렁 돌아보는 시늉만 하고 문 꽉 잠그고 보안 걸고 있으라고. 그리고……."

전임자는 무슨 말을 더 하려다 얼버무렸다. 김 씨는 다시 한번 코웃음을 치고 어깨를 폈다. 딱 벌어진 어깨와 다부진 근육은 여든이 다 되어 가는 나이를 무색케 했다.

"거 헛소리 말고 얼른 열쇠 넘기고 가. 나이를 헛먹었나. 겁도 많네."

전임자는 마지막 근무 날 더 이상 군소리 없이 당직 근무 일지와 열쇠 꾸러미를 넘겼다.

이미 김 씨 혼자 근무를 한 지 일주일이 지났지만 학교에는 아무 일도 없었다. 텅 비었던 학교는 개학과 동시에 학생들의 시끄러운 소리와 냄새로 가득 찼다. 3월 초, 아직은 봄보다 겨울에 가까운 날씨. 해가 저물지 않았는데도 금방 밤이 찾아왔다. 차가운 봄비가 온 학교를 뿌옇게 만들었다.

"참 요즘 것들은 약해 빠져 가지고선."

김 씨는 혼잣말로 큰소리치며 손전등을 들었다.

"비 오는 밤에는 괜히 외부 순찰하지 말어."

전임자의 말이 떠올랐다.

"하! 비 아니라 뭐라도 와 봐라."

이런 날일수록 못된 짓 하는 놈들이 잘 드나들기 마련이다. 김 씨는 건물을 나섰다. 등산용 스틱을 단단히 쥐고 학교 주변을 걷기 시작했다. 그래도 뭔가 꺼림칙해서 자주 듣는 노래를 휴대폰으로 틀었다. 경쾌한 반주가 흘러나오니 금세 마음이 편안해졌다. 손전등 불빛에 빗줄기가 점점 굵어지는 것이 보였다. 어둠이 짙어지고 있었다.

본관 건물 주변에는 아무도 없었다. 별관 근방도 이상이 없었다. 이제 체육관 주변만 돌면 된다. 체육관은 다른 건물에 비해 신식이다. 시골 고등학교에 딸린 체육관치고는 굉장히 컸다. 게다가 체육관 뒤쪽에는 어울리지 않는 야외 수영장이 있다. 칠이 다 벗겨진 채 방치되어 있는 물 없는 수영장. 그 뒤에는 높은 축대와 산, 앞에는 체육관으로 막혀 있어 담배꽁초니 술병이니 하는 것들이 자주 나오는 귀찮은 곳이기도 했다. 김 씨는 손전등을 힘차게 휘돌리며 수영장 쪽으로 걷기 시작했다.

찰박, 찰박.

첨벙, 첨벙.

빗소리치고는 커다란 물소리가 귓가에 들려왔다. 머리털이 쭈뼛 곤두섰다.

'저긴 분명 물이 없을 텐데?'

전임자의 말이 다시 떠올랐다.

"거기 누구야?"

빗소리 사이로 퍼지는 자신의 목소리가 턱없이 작았다.

"히히힛. 히히. 흑흑. 큭……."

웃음소리인지 울음소리인지 알 수 없는 이상한 소리가 뒤를 이었다. 물살을 가르는 소리. 무언가 무거운 것이 떨어지는 소리. 그리고 물소리에 뒤섞인 끊임없는 추임새.

"흐흐. 꽥, 꽤애액……. 흑흑……."

짐승 소리인지 사람 소리인지, 정체를 분간하기 어려운 소리. 어느새 휴대폰에서 나오던 노래까지 그쳐 있었다.

철벅, 철벅. 슈욱슈욱.

어두운 풍경과 괴상한 소리들이 가슴을 옥죄었다.

"꾸웩. 꾸웨엑……. 휘이이익……."

소리가 점점 더 커졌다.

풀썩, 퍼억.

김 씨가 넘어지는 소리는 빗소리에 묻혀서 잘 들리지 않
았다. 어느새 멈춰 있던 노래가 크게 울려 퍼졌다.

다아앙시인이 떠나신다면…… 나아아아는…….

간드러지는 노랫소리에 맞춰 흔들리던 손전등 불빛이 비
오는 하늘을 곧게 비추었다. 불빛의 끝은 잘 보이지 않았다.

2

이제 드디어 계약 작가가 되는 것인가. 기현은 벌써 유명 작가가 된 것처럼 가슴이 두근거렸다. 지금까지 읽어 왔던 숱한 웹소설과 웹툰들, 그저 부러워하기만 했던 작가들의 이름이 스쳐 지나갔다. 제목을 뭐라고 짓지?

〈한밤중 학교 수영장에서 처참하게 쓰러진 한 남자〉, 〈100년 된 학교, 물 없는 수영장에서 무슨 일이 일어났는가〉, 〈그날 밤, 수영장에서 들려온 소리의 정체가 밝혀졌다〉……. 전부 너무 길고 구질구질하다. 무게감도 없다. 장르를 공포 미스터리로 잡았으니 제목이 눈에 확 띄어야 할 텐데. 빠르게 백스페이스키를 눌렀다.

〈물 없는 수영장의 비밀〉.

'이게 낫네. 깔끔 그 자체.'

기현은 만족스럽게 웃으며 고개를 끄덕이고 거침없이 작품 소개를 썼다.

100년 된 학교, 언젠가부터 폐허가 되어 버린 물 없는 수영장.

그곳에서 들리는 기괴한 웃음소리. 비밀을 파헤치려는 자들 모두가 당하는 의문의 사고. 18세 소년 박기운, 자신의 능력을 숨기고 평범한 학생으로 위장하여 비밀을 밝혀내기 시작한다.

물 없는 수영장의 비밀은? 그곳에 감춰진 100년 동안의 추악한 진실은?

#학원판타지 #히어로 #고교생 #수영장 #비밀 #공포 #미스터리 #100년비밀 #괴수 #능력자 #현대판타지

온갖 갖다 붙일 수 있는 해시태그는 다 넣었다.

'이 정도면 되겠지.'

제법 그럴듯해 보였다. 대작의 냄새가 물씬 풍겼다. 웹피아 첫 화면에 기대작 팝업으로 빵빵 뜰 자신의 소설이 눈에 보이는 듯했다. 머지않아 계약 제안이 몰려들고 억대 연봉을 받는 작가 대열에 합류하게 되겠지. 그러면 숱한 영감을 준 위대한 작가들에게 감사 인사를 해야지.

"저 미스태리우스가 최고의 자리에 오르기까지 빚진 분들이 정말 많습니다. 선셋, 무광, 지옥소, 현산, 그리고 누구보다 제 필명을 짓는 데 영향을 끼치신 태리우스 작가님께 이 영광을 돌리고 싶습니다. 그분의 소설이 없었다면 저는 지옥 같은 학교생활을 견디지 못했을 겁니다."

새 학년이 시작하고 얼마 안 돼서 학교 수영장에서 사고가 났다. 그곳에 수영장이 있었다는 사실을 기현은 최근에야 알았다. 수업하러 갈 때 외에는 체육관 쪽으로 갈 일이 없었을뿐더러 늘 앞문으로만 다녀서 뒤쪽에 그런 특이한 공간이 있는지 알기가 어려웠다. 체육관 안에서 창밖을 보아도 마찬가지였다. 높은 펜스에다 관계자 외 출입 금지 테이프가 붙어 있어서 전기나 가스 관련 시설인 줄로만 알았다. 학교에 수영장이라니, 게다가 야외 수영장이 이렇게 오래된 학교에 있다는 게 놀라웠다. 어쩌면 이곳은 100년 전에 귀족들을 위해서 지어진 특수 목적형 학교였는지도 모른다. 수영, 승마, 펜싱 등 귀족들의 체력 단련을 위한 각종 시설이 있고 매년 은밀한 파티가 열리는 그런 곳 말이다. 아무리 100년 전이라고 해도 목현읍이 그런 귀족적인 곳이었을 리가 없지만 기현은 제멋대로 상상하며 며칠을 보냈다. 수영

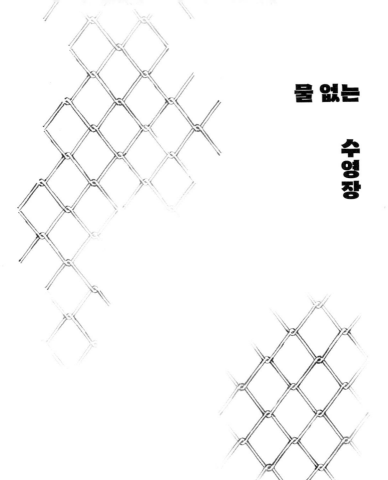

물 없는

수영장

장 자체만으로도 몹시 흥미로웠는데 그곳에서 사고가 일어난 것이 이번뿐만이 아니라는 사실에 더욱 구미가 당겼다.

며칠 전 사건이 일어난 수영장 주변을 조사할 겸 서성거리고 있을 때였다. 몰래 담배를 피우고 나오던 선배들이 이야기를 나눴다.

"들었냐? 그 당직 할아버지, 귀신 본 거라던데. 그래서 그런가? 아까 이상한 소리도 들린 것 같고."

"소설 쓰냐? 그냥 비 오는데 밤중에 순찰 돌다가 자빠진 거지. 밤에 넘어지기 딱 좋잖아."

"아니라니까. 여기서 해마다 사고 났대. 철거만 하려고 하면 무너지고 사람 다치고."

"잘됐네. 우리 졸업할 때까지는 계속 그러면 좋겠다. 선생들도 여기 오는 거 싫어해서 단속도 안 하잖아. 우리야 꿀이지, 뭐."

역시, 존재감 없이 남 얘기를 듣는 스킬을 연마한 보람이 있었다. 선배들은 지근거리에서 기현이 얘기를 듣고 있는데도 둘만 있는 듯이 목청을 높였다.

'이 정도면 놀라운 수확이다. 잘하면 고교 생활의 정점을 올해 찍을 수 있겠어.'

기현은 속으로 읊조렸다. 이제 상상력과 행동력을 총동원해서 수영장의 실체를 파헤치면 될 일이었다.

"소설 쓰냐고요? 네, 그 소설 제가 써 드리겠습니다."

기현은 신바람이 나서 혼잣말을 했다. 모든 픽션은 어느 정도 사실에 기반한다. 기현이 소설 말고 읽는 유일한 활자는 인터넷 뉴스의 사회면이었다. 그곳에서 얻어 쓸 수 있는 소스가 많기 때문이다. 속이 메스꺼울 정도로 끔찍한 사건과 그 사건에 붙는 댓글들은 자신이 읽는 소설보다 훨씬 더 악질이었다. 어쨌든 이 사건도 지금 알고 있는 것만으로는 부족하다. 소설을 쓰려면 좀 더 조사가 필요했다. 일단 이 수영장이 왜 이렇게 방치되고 폐쇄되었는지, 이곳에서 어떤 사고가 일어났는지 알아내야 했다.

'그런데 혼자 할 수 있을까?'

물론 혼자서도 할 수 있다. 하지만 올해 안에 수영장의 비밀을 풀고 그 사건을 문학으로 승화해서 소설 연재까지 성공적으로 끝마치려면 누군가가 필요했다. 아무리 공부에 관심 없는 기현이지만 그래도 내년에는 고3 아닌가. 혼자 대작을 쓰기에는 시간이 부족했다.

'동업자, 아니 조력자가 필요해. 같이하다 친구가 되면 더 좋고.'

16

조력자보다는 친구 쪽에 더 방점이 찍혀 있었지만 기현은 자신을 속였다. 친구가 있으면 좋겠다. 혼자서 이런 재미난 일을 도모하고 싶진 않다. 조사하면서 같이 이야기 나눌 수 있는 그런 친구가 있었으면 좋겠다,라고 말하는 것은 자존심이 좀 상했다.

'조력자의 조건이 뭘까? 그렇게 복잡할 필요는 없지. 사실 평범한 게 제일 좋아.'

다만 사건에 대한 관심, 지속적으로 사실을 파헤치려는 호기심과 인내심, 알아낸 사실을 정리하고 다음 문제를 추론할 수 있는 지능 정도가 있으면 좋을 것 같았다. 그리고 기현이 하는 일을 존중해 주고 지지를 보내는 약간의 선함? 어쩌면 우정? 정도가 있으면 더 좋을 것 같긴 했다.

'그런 녀석이 누가 있을까?'

당연히 아무도 떠오르지 않았지만 괜스레 주위를 쭈욱 둘러보았다.

그때였다. 마치 계시라도 받은 듯이 혼자서 수영장 쪽으로 우산을 쓰고 걸어오는 한 녀석이 보였다. 녀석은 뿔테 안경을 연신 손가락으로 올리며 웬 종이쪽지를 읽고 있었다. 긴 다리에 비해 길이가 다소 짧은 교복 바지가 비에 젖어 축축하게 붙어 있었다. 무엇이 못마땅한지 미간을 찌푸렸다

폈다 하면서 사방을 두리번거렸다. 그러더니 별안간 기현과
시선을 딱 맞추고 거침없이 물었다.

"여기가 물 없는 수영장이냐? 내 가방 빨리 내놔."

3

생각보다 목소리가 더 크게 나와 진호는 당황했다. 너무 시비조로 말했나? 그냥 물어보려던 건데. 그런데 맞은편 녀석이 이상한 말을 했다.

"너, 내가 보여?"

이건 또 무슨 상황이지. 진호는 어이가 없어서 상대방을 쳐다봤다.

'내가 보이냐니, 이건 신종 수법인가?'

겉으로 봐서는 그냥 그런 평범한 얼굴이었다. 6 대 4 정도로 탄 가르마, 반곱슬머리, 다소 먼 미간, 뺨에는 좁쌀 여드름이 옅게 깔려 있다. 조끼부터 재킷까지 구색을 갖춰 교복을 입었고 슬리퍼가 아닌 운동화를 신고 있었다. 비가 오는데 우산을 쓰고 있지 않은 것 외에는 이상한 점은 없었다.

"귀신 놀이 하자는 거면 난 안 하니까 얼른 가방이나 내놔."

"오오오, 진짜 내가 보이는구나. 놀라운걸. 나는 다른 사람 눈에 안 띄는 스킬을 개발해서 제법 유용하게 쓰고 있었거든. 그런데 너는 단박에 나를 알아보는구나."

"이렇게 텅 빈 곳에 너 혼자 서 있는데 안 보이는 게 더 이상한 거 아냐? 가방 줘."

생각보다 바보 같은 녀석으로 보여서 진호는 좀 더 용기 있게 대꾸를 했다. 하지만 녀석은 가방을 내놓을 생각이 없는 것 같았다.

"자꾸 가방을 달라니 무슨 소리냐?"

정말 화가 났다. 가뜩이나 비 오는 날도 싫어하고, 비 오는 날 밖에 나가는 것도 싫어하는데 잡풀에 맺힌 빗물 때문에 바짓가랑이까지 축축한 참이었다. 진호는 더 이상 대꾸하기도 싫어서 말없이 쪽지를 내밀었다. 녀석은 진호가 내민 쪽지를 꼼꼼히 읽었다.

당신의 가방은 견인되었습니다.

찾고 싶으면 체육관 뒤편 물 없는 수영장으로 나오시오.

"흠, 이 글씨체는…… 알 것도 같구나."

"네가 쓴 거 아니야?"

"응. 이거 나 아니야. 강동휘 글씨체잖아. 현상구가 시켰겠지, 뭐."

강동휘랑 현상구 이름만 들어도 기분이 가라앉았다. 이런 날씨에 또 그런 놈들이랑 엮여야 하는 건가. 다행히 녀석이 그놈들이랑 한패 같진 않았다.

"어쨌든 내 놀라운 스킬을 무력화시키고 나를 알아봤으니까 가방은 같이 찾아 줄게."

도무지 무슨 소리를 하는 건지 알 수 없었지만 어느새 녀석은 엉성한 펜스를 넘어가고 있었다. 뒤따라간 펜스 너머에는 놀라운 공간이 있었다. 파란 페인트가 군데군데 벗겨진 제법 큰 수영장이었다. 멍하니 있는 진호를 보고 녀석이 말했다.

"너도 놀랐지? 우리 학교에 이런 곳이 있는 걸 나도 최근에 알았다니까?"

빗줄기가 수영장 내부와 잡풀이 그득한 시멘트 바닥을 고루고루 적시고 있었다. 그러나 둘러봐도 가방은 보이지 않았다. 진호는 천천히 수영장 쪽으로 걸음을 옮겼다. 그때였다.

킥킥킥.

어디선가 희미한 웃음소리가 들려왔다. 녀석의 목소리는 분명히 아니었다.

"누구야."

걸음을 옮기려는 순간 누가 다리를 붙잡은 것처럼 움직이지를 않았다.

"왜 그래? 무슨 소리라도 들었어?"

녀석이 물었다.

흑흑흑……. 꽤, 꽤액. 꾸웩.

또 이상한 소리가 귓속을 파고들었다.

"뭐야? 누구야 진짜?"

"야, 너 무섭게 왜 그래. 나는 아무 소리도 안 들리는데."

녀석이 떨리는 목소리로 다시 말했다.

쉬익, 쉬익.

히히히힛.

부스럭부스럭.

소리가 점점 커졌다. 녀석의 얼굴빛이 바뀌기 시작했다.

"야, 들린다. 나도 들려. 부스럭거리는 소리."

녀석이 말을 끝내자마자 진호의 발치에 까만 뭉치가 날아와 풀썩 떨어졌다.

"어어, 으아아악!"

녀석이 괴상한 비명을 지르며 주저앉았다. 진호가 까만 뭉치를 집어 들고는 툭툭 털었다.

"내 가방이네. 갑자기 어디서 날아온 거지?"

"넌 왜 말도 안 듣고 나가? 내가 가져왔다."

언제 따라왔는지 모를 외국인이 걸걸한 목소리로 유창하게 한국말을 했다. 진호는 영문을 알 수 없어 멍하니 그 애를 쳐다봤다. 갈색 긴 곱슬머리, 짙은 쌍꺼풀에 움푹 팬 눈, 매부리처럼 휘어진 높은 코. 주근깨가 섞인 흰 얼굴. 제법 긴 교복 치마가 껑충할 정도로 큰 키. 아무리 봐도 외국인의 얼굴인데 목현고 교복을 입고 한 손에는 큰 비닐봉지를 들고 있었다.

'오늘따라 이상한 일이 많이 일어나네.'

"아, 계영리! 진짜 놀랐잖아. 네가 가방 숨겼냐?"

녀석이 외국인에게 화를 내며 소리쳤다. 그렇다면 둘은 아는 사이인가.

"닥쳐 구기현. 얘가 교실에서 가방 없어졌다고 엄청 징징 댔다고. 쓰레기통 옆에 가방 보인다고 말해 주려는데 벌써 나가고 없잖아. 내가 가방을 왜 숨기냐."

계영리라는 애가 버럭 소리를 질렀다. 놀랍게도 같은 반인 모양이었다.

"너 우리 반이야?"

진호가 물었다.

"너 애를 몰라? 2학년 된 지 이 주가 지났는데? 나는 아냐?"

구기현이라는 녀석이 놀랍다는 듯 진호를 바라봤다. 곰곰이 떠올려 보니 구기현은 낯이 익었다.

"내가 맨날 자리에 앉아서 책만 봐서 그래. 고맙다. 가방 찾아 줘서."

진호가 영리에게 고개까지 꾸벅 숙이며 인사를 했다. 영리가 약간 당황한 듯 손을 저었다.

"야, 뭘 고개까지 숙이냐. 나 원래 이 시간에 여기 와. 고양이 밥 주러. 나온 김에 갖고 온 거야."

계영리가 비닐봉지를 흔들어 보였다.

"너 잔인해 보이는 겉모습과는 상당히 다른 내면을 갖고 있구나?"

구기현이 또 이상한 말투로 이야기를 했다. 하지만 진호의 귀에는 또다시 괴이한 소리가 들려왔다. 물 없는 수영장에서 물살을 가르는 소리. 흐느낌 같기도 하고 말 같기도 한 소리들.

"누구야, 도대체."

진호가 얼굴로 흘러내리는 빗물을 닦아 내며 낮은 목소리로 말했다. 역시나 아무 대답도 들려오지 않았다.

4

#1 수영장에서 들리는 소리

100년이 넘은 을씨년스러운 M고, 체육관 뒤편에는 언제부터 방치되었는지 모를 물 없는 수영장이 있다.

기운은 건성으로 보고 있던 수학 자습서를 덮고 일어섰다. 더 이상 보지 않아도 수학은 자신 있었지만 자습 시간 예의상 훑어봤을 뿐이다.

기운은 교문을 향해 터벅터벅 걸었다. 뿌연 안개비가 조금씩 굵어지고 있었다. 기운은 우산이 없어도 뛰지 않았다. 어차피 집까지 가는 길이 멀어서 걷든 뛰든 다 젖을 테니까. 그때였다.

흑흑……. 꾸우에엑에게게…….

기운의 신경을 자극하는 이상한 소리가 들려왔다.

"뭐지, 이 소리는?"

꾸에에에에에에에에에엑……. 흐드뜨드드.

소리가 점점 커졌다. 체육관 뒤편에서 계속해서 소리가 터져 나오고 있었다.

"저쪽은 수영장?"

기운은 자석에 이끌리듯 수영장 쪽으로 갔다. 소리는 끊겼다 이어졌다 하며 기운의 발걸음을 재촉했다.

"그렇지, 그렇지. 어서 와. 어서 오라고. 그렇게 이쪽으로 계속 오란 말이야."

"히히히히히. 오늘은 너구나. 오늘은 너야. 기다렸어. 기다렸고말고."

이상한 신음 사이사이에 의미 모를 말소리가 섞여 들려왔다.

저 멀리서 손전등 불빛이 흔들렸다. 지금 시간이라면 언제나 학교를 믿음직하게 지켜 주는 당직 기사 할아버지일 것이다. 기운은 어쩐지 불길한 생각이 들어 뛰기 시작했다. 수영장에 가까워질수록 소리는 더욱 드높아졌다. 가슴이 마구 뛰었다.

"거기 누구냐!"

"하아……."

미친 듯이 1화를 써 내려가던 기현이 한숨을 깊게 쉬었다. 항상 이랬다. 오프닝, 오프닝까지는 잘 쓸 수 있다. 그다음이 문제였다. 수영장에서 당직 기사를 공격한 것은 누구였을까? 당직 기사는 도대체 뭘 본 걸까? 임진호는 수영장에서 무슨 소리를 들은 걸까? 물 없는 수영장에서 악귀가 나오거나 동네 양아치가 숨어 있다는 싱거운 이야기를 쓰고 싶진 않았다.

실패한 소설도 소설이라면 기현은 이미 열 편 넘게 소설을 써 본 아마추어 작가다. 그 경험으로 비추어 보면 모든 픽션은 논픽션을 뛰어넘기 힘들다. 항상 현실은 상상을 뛰어넘었다. 이 사건에서는 이상하게 비밀의 냄새가 난다. 무엇보다 이 일에 대해 아는 사람이 거의 없다는 것이 그 증거였다. 그곳엔 뭔가 해묵은 비밀이 있다. 왜 수영장이 저렇게 방치되어 있는지, 애초에 수영장에 물이 있기는 했었는지, 저기서 수영을 한 사람들이 있긴 한 건지. 그것부터가 미스터리였다. 해마다 난 사고를 목격한 사람은 있는 걸까. 소문의 근원도 궁금했다.

역시 문제는 조력자였다. 기현은 그럴듯하게 글을 써내기만도 바빴다. 함께 고민하면서 이 문제를 캐낼 조력자들이 너무나도 필요했다. 조력자, 적어도 한 명 이상의 조력자를 꼭 구하자. 성별이 다르다면 더 좋다.

사실 물 없는 수영장에 대해 기현이 구체적으로 알아내지 못한 건 아무에게도 물어보지 않아서였다. 기현은 학교 선생님들은 물론이고 친구들과도 별로 가깝지 않아 물어볼 사람도 없었고 물어볼 용기도 없었다. 다른 사람 눈에 안 띄는 스킬 또한 실제로 사람들이 기현을 봐도 아는 척하지 않기 때문에 가능한 일이었다. 가뜩이나 웹소설이니 괴수니 미스터리니 해서 덕후 취급을 받는데 수영장 괴담까지 물어보면 네가 그러면 그렇지, 하는 반응만 돌아올 뿐일 테니까.

하지만 조력자의 필요성을 더 깊게 생각해 보기도 전에 반드시 필요하다고 결론을 내려 버린 이유는 따로 있었다. 바로 조력자로 적합한, 아니면 친구가 되기에 딱인 인물들이 나타난 것이다. 두말할 것도 없이 그들은 임진호와 계영리였다. 얼마 전 현상구, 강동휘 일당에게 가방 테러를 당했던 임진호 그리고 무심하게 가방을 내던진 계영리는 기현에게 깊은 인상을 남겼다.

그 후 약 일주일간 기현은 조력자이자 친구로 염두에 두고 둘을 꼼꼼하게 관찰했다. 임진호는 대체로 조용했고 놀랍게도 책을 많이 읽는 애였다. 아무도 가지 않는 도서관에서 역사책(그것도 중국 역사책!)을 빌려 와서 읽는 것을 보고 기현은 진호를 인정하고 말았다. 무엇에 대한 인정인지는 잘 몰랐지만 말이다. 진호는 현상구와 강동휘에게 괴롭힘을 당하고 있었다. 크게 드러나진 않아도 은근한 조롱과 무시, 말할 때 못 들은 척하기 등 대놓고 하는 것만큼 못돼 처먹은 수법이었다. 있는 듯 없는 듯 책만 읽으며 학교생활을 버티고 있는 진호를 보니 마음이 움직이지 않을 수가 없었다.

그런가 하면 계영리는 진호와 대척점에 있었다. 목현읍에는 농장에서 일을 하는 외국인들이 많았고 영리 같은 친구들이 드문 것은 아니었다. 하지만 영리는 그중에서도 특히 눈에 띄는 편이었다. 외모도 외모지만 욕도 차지게 하는 데다 늘 굉장히 무서운 눈빛을 하고 있었기 때문이다. 말이 별로 없지만 가끔 말을 섞을 때에도 대부분 시비조이기 때문에 아이들과 잘 어울리지 못하는 것 같았다. 특히 현상구와 사이가 좋지 않았는데 현상구는 영리만 보면 늘 바이러스, 전염병 같은 이상한 말로 부르곤 했고 영리는 그보다 더 심한 욕으로 응수를 했다. 현상구의 조롱에 아예 반응을 하지 않는 진호와 매우 다른 점이었다.

하지만 영리가 잘 지내지 못하는 대상은 사람에 한정되어 있었다. 영리는 학교 뒤편의 길고양이들에게 밥을 챙겨 주고 엄청 커다란 개가 나타나도 귀여워하며 쓰다듬었다. 축사 옆을 지나갈 때는 한참 동안 소나 돼지를 바라보곤 했다. 조금 더 주의 깊게 관찰하고 정보를 수집한 결과 카자흐스탄인 아버지와 한국인 어머니 사이에서 태어났으며 목현읍 바깥으로 한 발짝도 안 나가 본 순수한 목현인인 데다가 전 과목 중 영어를 제일 못했다. 그런 영리에게 가끔 사람들이 영어로 말을 거는 모습을 봤을 때 기현은 하마터면 큰 소리로 웃을 뻔했다.

기어이 기현은 이 두 명을 조력자이자 친구로 낙점했고, 각각 다른 이유로 둘이 무척 마음에 들었다.

5

기현이 생각하는 자신의 많은 장점 중 하나는 결심한 것을 망설이지 않고 실행에 옮긴다는 점이었다. 딱히 괄목할 만한 성과가 있었던 것은 아니지만 그럼에도 기현은 자신의 거침없는 실행력을 꽤 자랑스럽게 여기고 있었다. 이번에도 마찬가지였다. 기현은 조력자로 낙점하자마자 과감하게 두 사람을 단체 채팅방에 초대했다.

기현 진호야 안녕.

진호 응. 안녕.

영리 뭐냐.

기현　너희 진짜 너무한다. 초대한 지 두 시간이 지나서 메시지를 보냐. 우리 나이에는 손에서 폰이 안 떠나야 정상 아냐? 아님 보고도 안 들어온 건가?

둘은 메시지를 읽고도 아무 대답도 없었다.

기현　아휴, 답답해! 바로 용건을 말할게. 너희들 내 조력자가 돼 주라. 내가 지금 추진하는 중대한 프로젝트가 있거든.

진호　뭐 수행 평가 같은 거 있어? 그런 얘긴 못 들었는데.

기현　그거보다 더 어마어마한 거야. 너희 도움이 꼭 필요해.

영리　5분 안에 알아듣게 말해라. 나 게임하다 왔어.

기현　하, 너희 웹소설 읽어 본 적 있냐? 내가 그걸 쓰고 있어. 웹소설 수입이 생각보다 엄청나. 내가 이번에 쓸 소설이 우리 학교 수영장의 비밀에 대한 내용이거든. 그래서 같이 자료 조사할 조력자가 필요해. 너희처럼 교실에서 존재감 없는 애들이 딱이지. 정보를 수집하고 다녀도 눈에 띄지 않으니까.

영리　한마디로 존재감 없는 찐따라는 거냐? 안 그래도 살기 힘든데 집어치워라.

기현　혹시 돈이 좀 있다면 덜 힘들지 않을까? 내가 아는 웹소설 작가가 고등학생인데 한 달에 천 만원 이상 번다니까.

영리　그래서 뭐?

기현　너 고양이 밥 주려면 사료값도 들 거고 어차피 딱히 할 일도 없잖아. 8:1:1 어때?

진호　그게 뭔데. 암호 같은 거니?

기현　아니, 우리가 나눌 수입 비율.

영리　장난해? 너는 8이고 나랑 임진호는 1?

기현　내가 소설 쓰는데 8은 가져야지. 당연한 거 아니냐?

영리　6:2:2로 해. 그 정도면 생각해 볼게.

기현　그건 아니다. 7:1.5:1.5로 할게.

영리　나 나간다.

기현　야!!! 알았다. 알았어. 6:2:2 낙찰. 꽝꽝!

진호　근데 나는 아직 결정 안 했는데.

기현　너 수영장 갔을 때 이상한 소리 들린다고 했잖아. 그 비밀 알고 싶지 않아?

진호　난 원래 이상한 소리도 잘 듣고 이상한 것도 자주 봐.

기현　그게 중요해. 너처럼 영혼이 맑은 애가 진짜 꼭 필요하다니까. 진호 너도 어차피 인생 재미없기는 마찬가지잖아. 나랑 계영리 있으면 현상구, 강동휘도 너한테 시비 덜 걸 수도 있어.

영리　난 보디가드 같은 거 될 맘 없다.

기현　야, 너도 만만치 않게 현상구한테 당하지 않냐? 너한테 매일 욕하던데?

영리 서로 보디가드 해 주자고?

기현 흠! 그런 놈들이 은근히 쪽 수에 약하다. 우리가 서로서로 지켜 주는 거야. 그럼 내일부터 같이 다니면서 조사도 하고 밥도 같이 먹어. 동의한 거다. 여기 나가지 마!

기현의 제안에 툴툴대긴 했지만 사실 영리는 애들과 같이 이 사건을 조사할 이유가 있었다. 물론 학교가 재미없고 현상구가 지긋지긋하다는 공통점도 있지만 결정적인 이유는 따로 있었다. 당직 기사 할아버지가 사고를 당한 직후 고양이 밥을 주러 수영장 근처에 갔다가 물건 하나를 주웠다. 귀여운 새끼 돼지 키링이었다. 영리는 그 키링이 누구 건지 아주 잘 알았다. 아주 어릴 때부터 현상구가 허리춤에 차고 다닌 그 키링은 현상구가 키웠던 아기 돼지를 똑 닮았다. 영리는 그 돼지를 본 적이 있다.

영리의 부모님은 영리가 태어나기 전부터 현웅농장에서 일했다. 엄마를 따라서 돼지가 가득한 현웅농장에 처음 갔을 때 현상구 부자를 만났다. 머리끝부터 발끝까지 기름을 바른 듯 반들반들한 현상구의 아빠는 영리에게 아기 돼지를 한번 만져 보라고 했었다. 처음 보는 영리에게 돼지 자랑을 엄청 하던 현상구는 지금과는 전혀 다른 아이였다. 현상구는 그 뒤로 영리를 쭉 괴롭혀 왔으니까.

농장에서 일을 하던 아빠는 어느 순간 작별 인사도 없이 카자흐스탄으로 가 버렸고 내내 영리는 엄마와 둘이 살았다. 가끔 통화만 하는 아빠의 존재감은 점점 옅어졌고 아빠의 이름만 영리에게 남았다. 영리의 이름은 엄마인 계영숙 씨의 앞 글자와 아빠인 알리 씨의 이름 뒷 글자를 따서 만들어졌기 때문이다. 그랬다. 하필이면 엄마의 성은 '계'였다. 무엇을 해도 '개'라는 접두사를 피할 수가 없었고 아쉽게도 영리는 조금도 영리하지가 않았다.

영리가 수영장에서 주운 키링은 중요한 단서였다. 현상구가 어떤 못된 짓을 했을 수도 있다는 걸 증명할 단서. 제대로 알게 되기 전까지 영리는 일단 이 단서를 보관해 두기로 했다. 기현의 소설이 그다지 믿음직스럽지는 않지만 진실을 알아내는 데 좋은 핑계가 돼 줄 것 같았다.

'뭐 혼자 이것저것 뒤지고 알아보는 것보다는 낫겠지. 심심하지도 않고.'

휴대폰을 다시 들여다보며 영리는 살짝 웃었다. 누군가에게 처음으로 초대받은 채팅방이었다.

6

　다음 날, 점심시간. 늘 마지막으로 교실을 나서는 진호 앞에 기현이 쭈뼛대며 다가왔다. 몇 걸음 앞서서 영리가 걸어갔다. 셋은 아무 말도 않고 걸었다. 그래도 급식실에서는 자연스럽게 같이 줄을 섰다. 입구와 퇴식구가 멀고 선생님들 식사 자리와 가까워서 애들이 잘 안 오는 자리에 앉았다. 셋은 함께 앉아 말없이 밥을 먹기 시작했다. 밥을 다 먹어 갈 무렵 진호가 남긴 무말랭이를 보고 기현이 물었다.

　"너 그거 싫어해?"

　"응."

　"나 줘."

진호가 가만히 무말랭이를 기현의 식판으로 옮겼다.

"참 눈물 난다."

영리가 고개를 절레절레 흔들었다. 하지만 점심 먹는 시간은 오늘따라 짧고 편안하게 느껴졌다. 점심을 먹고 나서 셋은 곧장 수영장으로 향했다.

"진호야, 너 지난번에 이상한 소리 들었을 때 혹시 어떤 형체를 보진 않았어? 뭔가 하얗고 에너지가 응축돼 있고 에테르로 가득한 그런 거?"

기현이 물었다.

"아니. 하얗고 에너지가 응축돼 있고 에테르로 가득한 건 보지 못한 것 같아."

진호의 진지한 대답에 영리가 한숨을 쉬었다.

"임진호! 넌 시답잖은 질문에 뭘 그리 각을 잡고 대답하냐. 구기현, 너 솔직히 웹피아에서 꽤 잘나간다는 거 다 구라지. 조회 수 한 자리도 안 나오지?"

기현이 버럭 화를 냈다.

"야, 못 믿겠으면 당장 내 닉네임 미스태리우스로 검색해 봐. 쓰다가 말아서 그렇지, 초기 조회 수는 다 꽤 높았다고."

진호는 둘의 이야기에 아무 관심도 없는 양 수영장만 무심히 바라보고 있었다. 나지막이 진호가 입을 열었다.

"언제부터 있었을까? 난 학교에 수영장 있는 줄은 꿈에도 몰랐어. 여기 물이 가득 찼을 땐 되게 멋졌을 것 같아."

환한 햇빛이 비치는 수영장은 칠이 벗겨지고 거뭇거뭇한 모습이 선명해 더욱더 볼썽사납고 초라했다.

"철거만 하려고 하면 자꾸 무슨 일이 일어나서 그냥 저렇게 방치해 뒀대. 이번에 사고 난 할아버지도 정신이 왔다 갔다 한다던데?"

"그 사고에 대해 뭐 좀 들은 거 있어?"

영리가 기현의 말에 관심을 보였다.

"떠도는 말이 다 달라. 뭐에 맞았다는 얘기도 있고 그냥 혼자 자빠졌단 이야기도 있고. 혼수상태라는 말도 있고. 근데 여기 수영장 안에서 발견된 건 맞는 것 같아. 가장자리에서 뚝 떨어져서."

"여기서 떨어졌다면 누군가에게 밀려서 뒷걸음질 쳤을 수도 있지. 이렇게, 이렇게……."

영리가 뒷걸음으로 주춤주춤 걷기 시작했다.

"야 야! 그러다 진짜 뒤로 떨어진다. 조심해."

기현이 영리의 불안한 걸음을 보며 질겁했다.

"어쨌든 안을 봐야지. 안으로 한번 내려가 볼게."

영리가 수영장 안으로 들어가는 사다리 계단에 발을 걸쳤다. 영리의 머리가 금세 안쪽으로 쑤욱 사라졌다. 둘은 따라가지는 않고 목을 빼며 영리의 뒷모습을 쫓았다. 그때였다.

"아아아아앗! 너 누구야!"

이내 영리의 외마디 비명이 수영장 안에 메아리쳤다.

"영리야! 왜 그래!"

진호는 지금까지 학교에서 냈던 소리 중 가장 큰 목소리로 고함을 질렀다.

밖에서는 잘 보이지 않는 수영장 구석자리에 누군가 벽에 비스듬히 기대 눈을 감고 있었다. 하얀 체육복 차림으로 다리를 구부린 채 제법 따뜻해진 봄 햇살을 가만히 쬐고 있었다. 그 사람은 아이들의 비명에도 놀라는 기색 없이 게슴츠레 눈을 떴다.

"누구야? 뭔데 그래?"

기현과 진호가 가까이 오지는 않고 수영장 밖에서 떠들어댔다. 그제야 그 사람이 우두둑 소리를 내며 몸을 일으켰다. 햇빛을 받아서 살짝 붉어진 얼굴, 헝클어진 곱슬머리가 꼭 여기서 밤을 지낸 사람처럼 푸석해 보였다.

"엥, 새로 오신 체육 선생님 아니에요?"

기현의 말에 그가 느릿느릿 일어나 웃음을 지었다. 그제야 아이들은 긴장이 확 풀렸다.

"아, 쌤. 여기서 뭐 해요. 식겁했네. 진짜!"

체육 선생님과 셋은 마주 보고 섰다.

"너희들이야말로 여기에 왜 들어왔냐? 엄연히 저기 관계자 외 출입 금지라는 표시도 있는데."

선생님이 긴 손가락으로 펜스를 가리켰다.

"그럼 쌤은 관계자예요?"

영리가 말했다.

"굳이 따지자면 너희들보다는 관계자 아닐까?"

"쌤 여기 자주 오죠? 지난주 비 오던 날에도 여기서 나오는 것 봤어요. 여기서 뭐 하는 거예요?"

영리가 의심이 가득한 목소리로 물었다.

"뭐 하긴 뭐 해. 담배 피우러 왔지. 학교에서 여기만큼 숨어서 담배 피우기 좋은 곳이 어디 있냐."

"와, 선생님 엄청 특이하네요."

"그건 또 무슨 말이야?"

기현의 말에 체육이 영문을 모르겠다는 듯 물었다.

"보통 선생님이 하는 말은 아닌 것 같아서요."

"쫌 그런가? 어쨌든 학교 안에서 피우면 안 되는데 들켜 버렸네. 그냥 못 본 걸로 해 주면 안 될까?"

영리가 주변을 슬쩍 둘러보며 다시 물었다.

"연기 하나도 안 났는데. 담배 어디 있는데요?"

"왜 너도 한 대 피우게? 안 돼 안 돼. 미성년자는 피워선 안 돼. 내가 가장 후회하는 일이 담배 배운 거야."

주변에 꽁초가 몇 개 떨어져 있긴 했지만 방금 피운 담배 같진 않았다.

'분명히 거짓말이야.'

하지만 영리는 더 이상 묻지 않았다.

"근데 너희는 이 후미진 출입 금지 구역에 왜 왔냐?"

"사건 현장을 좀 조사하고 있거든요."

기현이 결연하게 대답했다.

"무슨 사건?"

"물 없는 수영장의 비밀을 파헤치려고요."

영리는 아무 상관도 없는 체육 선생님에게 저렇게 미주알 고주알 이야기를 하는 기현의 모습이 어이가 없었다. 그런데 뜻밖에도 체육 선생님이 심각한 얼굴로 되물었다.

"수영장의 비밀? 이 수영장에 뭐가 있니?"

체육 선생님의 얼굴에 당혹스럽기도 하고 곤란하기도 하고 걱정스럽기도 하고 궁금하기도 한 빛이 감도는 걸 영리는 놓치지 않았다.

'역시 뭔가 수상해. 분명히 담배 피운 건 아닌데. 뭣 때문

에 여기 자주 오는 걸까.'

"여기서 기사 할아버지 쓰러지신 거 선생님도 아세요?"

진호가 말했다.

"응, 나도 들었어."

"그전에도 여기서 비슷한 사고가 많았대요. 철거만 하려고 하면 사고가 나서 이렇게 방치한단 말도 있고, 비 오는 날 여기서 귀신이 나온다는 소문도 있고요."

그 말을 들은 선생님이 피식 웃었다.

"그런 소문이야 오래된 학교는 다들 옵션으로 끼고 있는 거잖아. 유관순 동상이 돌아다니네. 이순신 장군이 칼을 휘두르네."

"제가 직접 들었어요."

"뭘?"

"꿱꿱대는 소리, 철벅거리는 소리. 하여튼 이상한 소리요."

"꿱꿱거려? 동물이라는 거니?"

"네. 비 오는 날 여기 왔을 때 들었어요. 사람 소리도 섞여서 들린 것 같은데 정확히는 잘 모르겠어요."

"얘는 이계의 소리를 듣거든요."

기현이 끼어들었다. 선생님 얼굴빛이 살짝 바뀌자 영리가 다시 물었다.

"쌤은 혹시 수영장에 대해 알고 있는 거 없으세요?"

선생님은 대답 없이 고개를 젓더니 마른세수를 했다.

"너희들도 알다시피 나는 여기 온 지 얼마 안 됐잖아. 수영 장이니 사고니 알 게 뭐냐. 너희 나이는 초자연적인 현상이나 사건, 사고에 관심이 많을 때긴 하지만. 그래도 출입 금지 구역에 함부로 들어오면 안 되는 거야. 뭐든지 원칙을 지켜야……."

"저는 사람들 눈에 잘 안 띄게 다니는 스킬이 있어서 괜찮아요."

기현이 또 한심한 소리를 했다.

"어쨌든 이제 그만 교실로 돌아가. 곧 오후 수업 시작할 시간이다. 한참 공부할 때 쓸데없는 일 헤집고 다니지 말고."

조금 전 장난스럽게 말할 때와는 너무 다른 말투였다. 종잡을 수가 없었다.

"선생님은 안 가요?"

"난 오늘 오후 수업이 없어서 좀만 더 있다 가려고."

셋은 뭔가 미심쩍었지만 더 이상 할 말도 없어서 뜨뜻미지근한 인사를 하고 돌아섰다.

7

"저 선생님 언제부터 왔지?"

"지지난 주에 왔지. 배봉수 쌤 대타로."

"배봉수가 누구야?"

"발레리노 할배 모르냐?"

"아, 그 선생님."

이전 체육 선생님은 나이가 많은 발레리노였다. 할아버지와 발레라는 신선한 조합이 주는 호기심도 잠깐이었다. 발레리노 선생님은 무용실에 있는 바를 잡고 플리에, 그랑 플리에를 소리치며 애들 머리통을 탁탁 때렸다. 잠깐 발레를 가르친 후에는 늘 하나님 이야기를 하며 감격에 젖었다. 진호나 기현은 어차피 체육을 좋아하지 않았기 때문에 별 상관없었지만 다른 애들은 소중한 체육 시간을 발레와 하나님에게 빼앗긴 것에 몸서리쳤다. 수행 평가 때 남자 여자 할 것 없이 레깅스를 입으라고 한 사건 이후 선생님은 아이들의 험담 속에서 몇 번이고 죽음을 맞이해야 했다.

그 배봉수 선생님이 개학하자마자 인사도 없이 학교를 떠났다. 잘린 건지, 너무 늙어서 학교를 그만둔 건지, 딴 학교로 간 건지는 알 수 없었다. 발레리노 할배 이름이 배봉수라는 것도 떠난 뒤에야 알았다. 조회 시간에 체육 담당으로 이진호 선생님이 새로 왔다는 안내가 나왔기 때문이었다. 발레리노와는 전혀 어울리지 않는 배봉수라는 토속적인 이름을 제대로 불러 주지 못해 안타까워하는 아이들도 많았다.

교실에 나오는 방송 화면 속 새 체육 선생님은 환하게 웃으며 손을 흔들었다. 새하얀 운동복 차림이라 스포츠 뉴스 인터뷰 같은 분위기를 풍겼다.

"안녕하세요. 여러분과 재밌게 체육을 하게 된 이진호입니다."

발레리노 할배 대신 활력 있어 보이는 새로운 체육이 와서인지 아이들이 기분 좋게 떠들어 댔다.

방송을 보던 진호도 한마디 했다.

"나랑 이름이 같네."

강동휘가 뒤돌아보며 키득거렸다.

"아이고, 임진호. 체육이랑 이름 같아서 감동했쪄요?"

현상구도 한마디 거들었다.

"너 같은 이름이 세상에 하나 더 있으니까 안심되냐? 그것도 선생이어서 더 든든해?"

진호는 굳은 얼굴로 더 이상 아무 말도 하지 않았다. 기현은 자기도 모르게 오른손을 들어서 친하지도 않은 진호의 어깨에 얹었다. 진호 몸이 돌덩어리처럼 딱딱하게 굳어 있었다. 현상구와 강동휘의 킬킬거리는 웃음소리가 조용한 교실에 울려 퍼졌다. 아주 잠깐 동안의 불쾌한 감각이 끝나자 아이들은 아무 일도 없었다는 듯 다시 웅성거리기 시작했다. 진호는 여전히 얼어붙은 채로 화면 속 체육을 쳐다봤다.

'왜 아는 사람 같지?'

그제야 어깨 위에 손이 있다는 것이 느껴졌다. 진호는 뒤를 돌아봤다. 뒤에 앉아 있는 애가 고개를 끄덕이며 어깨를 살짝 두드렸다. 낯설지만 어쩐지 마음이 놓였다.

새 체육 선생님은 배드민턴을 아주 좋아했고 한창 유명세를 타고 있는 여자 배구 국가 대표를 닮아 제법 인기가 있었다. 첫인사 때 입은 하얀 운동복을 하루도 빠짐없이 입었다. 같은 운동복이 백 벌쯤 있다는 소문이 돌았다. 늘 눈부시게 깨끗했기 때문이다.

"어, 반갑다. 앞으로 잘 지내 보자. 나는 배드민턴을 중심으로 체육 수업을 할 거야. 배드민턴 엄청 좋아하거든. 이거 하면 체육 시간에 길러야 하는 웬만한 운동 능력은 다 기를 수 있고 일단 재밌어. 어때, 좋지? 오케이?"

"지난번엔 발레더니 이번엔 배드민턴이야? 이 학교 체육은 다 한 우물 파는 선생들만 뽑나 봐."

"정식 선생 아니래. 뭐라더라? 맞다, 기간제? 강사? 뭐 그런 거라던데."

앞머리를 만지작거리던 여자애들이 수군거렸다.

아이들이 들어간 후 수영장에 혼자 남은 이진호는 묵묵히 수영장 옆 살구나무를 바라보았다. 수영장에서는 과거의 소리들이 와와 들리는 듯했다. 물 위로 쏟아지는 햇살은 눈부셨다. 그 안에서 날렵하게 물장구를 치며 쭉쭉 나가던 수영부 아이들이 생각났다. 뒷발로 가볍게 물을 차고 허리가 출렁이고 나비처럼 팔을 벌리던 아이들. 명랑한 웃음도 물장구질하는 소리도 물속을 유영하는 사람들도 이제는 없었다.

그곳을 채우고 있는 것은 괴괴한 침묵, 그리고 아무리 지우려 해도 지워지지 않는 희미한 냄새였다.

결코 덮이지 않는 냄새. 희미한 죽음의 냄새.

8

#2 너의 정체는

멀리서 흔들리던 손전등 불빛은 어느새 사라지고 칠흑 같은 어둠만 가득했다. 체육관 뒤편은 자주 오는 곳은 아니었다. 촘촘한 녹색 펜스와 관계자 외 출입 금지 표시, 안에 뭐가 있는지도 알기 어려웠다.

기운은 언제나 사건의 냄새를 맡았다. 비밀스러운 장소에 도착하면 그곳을 샅샅이 알아보는 버릇이 있다. 학교도 예외는 아니었다.

학교에 무슨 연유로 있는지 알 수 없는 야외 수영장. 심지어 폐쇄된 채로 감춰져 있다는 건 예사로운 건물이 아닌 게 분명하다.

설상가상, 이곳에서 수상한 일까지 일어나고 있다. 기운은 오늘이 자기 인생의 변곡점이 되리라는 것을 본능적으로 깨달았다.

한 발 한 발 펜스에 가까워지자 다시 불빛이 보였다. 불빛은 하늘을 비추었다. 그 말은 손전등이 위를 향한다는 것. 손전등이 저혼자 똑바로 서 있거나 쓰러진 누군가의 손에 쥐어졌을 터였다.

꾸에엑 쉬쉬식 히히힛.

또다시 정체를 알 수 없는 소리가 들렸다. 기운은 망설이지 않고펜스를 훌쩍 넘어 수영장으로 다가섰다.

기괴한 소리는 기운이 펜스에서 뛰어내리자 멈췄다.

하지만 그것도 잠깐. 수영장 안쪽에서 무언가가 훌쩍 일어서는모습이 보였다.

'헉. 저게, 저게 뭐야.'

기현이 건넨 원고를 보고도 둘은 별다른 말이 없었다.

"뭐냐. 남이 죽을 둥 살 둥 쓴 원고를 봤으면 반응을 해야지."

"변곡점이 뭐냐?"

영리가 물었다. 기현은 맥이 빠져 한숨을 쉬었다.

"이 엄청난 원고를 읽고 처음 하는 말이 겨우 그거냐?"

"사실 너도 모르지? 그냥 써 본 말이지?"

"변곡점은 원래 수학 용어야. 함수 그래프에서 곡률이 바뀌는 지점. 그런데 문학적으로는 뭔가 인생의 방향이 바뀌는 순간을 표현할 때 많이 쓰는 것 같아."

진호의 말에 기현이 함박웃음을 지었다.

"그래, 바로 그거야. 계영리 너는 변곡점 같은 어려운 말이 걸려서 이 소설의 전체 내용을 못 보고 있잖아. 눈을 좀 뜨란 말이야."

"저도 몰랐던 거 맞네. 넌 진짜 조력자가 좀 필요하겠다."

"여기서 기운이 너야? 너랑 이름이 비슷하네."

진호가 물었다.

"물론 작가가 작품을 쓸 때마다 주인공에게 자신의 많은 부분을 할당하긴 하지. 하지만 기운이 꼭 나의 페르소나라고 말할 수는 없어."

기현이 거들먹거렸다. 영리가 그런 기현을 보고 참을 수 없다는 듯 웃어 댔다.

"근데 네가 쓰는 거 미스터리 아니었어? 이건 딱 괴수 소설 느낌인데. 애가 수영장에서 난리 치는 괴물이랑 대결하고 끝날 것 같아."

"하…… 어떡하지 너? 소설의 문법에 대해 너무 모르네. 이렇게 끝맺으면 독자들은 다음 화를 결제할 수밖에 없는 거야. 그리고 장르적인 클리셰라는 게 있어. 앞으로 수많은 복선과 서스펜스가 실타래처럼 풀려 나올 예정이니까 기대해. 너희는 내 덕에 돈방석에 앉게 될 거라고. 참고로 너도 여기 나와. 기운이 조력자를 만나거든."

"윽, 더 싫어. 제발 나는 출연시키지 마."

"어쨌든 이야기가 더 발전하려면 당직 기사 사고만으로는 부족해. 수영장이 갖고 있는 비밀을 더 심층적으로 파헤쳐야 한다는 거지."

기현이 손가락을 꺾어 우두둑 소리를 내며 결연하게 말했다. 소설 이야기를 할 때면 기현은 평소와 다른 사람 같았다. 얼굴 전체에 자만심이 가득했다. 영리는 그 태도가 늘 못마땅했지만 진호는 조금도 개의치 않았다.

이내 진호가 빼곡하게 글씨가 적힌 노트를 기현에게 내밀었다. 기현은 과제를 검사하는 선생님처럼 진지한 표정으로 진호의 노트를 읽었다.

임진호의 자료 조사 1

물 없는 수영장과 수영부
- 수영장 완공은 약 30년 전, 수영장 설치 후 학교에 수영부가

생겼다.

- 목현고등학교 수영부는 제52회 전국학생수영선수권대회에서 은메달을 수상한 적이 있다.
- 하지만 어느 순간 수영장이 폐쇄되었고 수영부도 폐부 수순을 밟았다. (정확한 연도와 원인은 모름. 참고로 우리 학교는 전쟁 때 전소된 적이 있다.)

수영장 괴담

- 수영장에 손대면 사고가 난다. 철거 공사를 하려다가 사람이 죽었다. 밤이 되면 누군가 수영을 한다. 비 오는 날 이상한 소리가 들린다.
- 수영장 안으로 떨어졌다는 당직 기사님이 많이 다쳤다. 이전에도 비슷한 사고로 당직 기사가 교체된 적이 있다.

앞으로 풀어야 할 과제

- 수영장은 왜 폐쇄되었는가.
- 왜 학교는 폐쇄된 수영장을 방치하는가.
- 수영장에서는 왜 자주 사고가 일어나는가.
- 임진호가 듣는 이상한 소리의 정체는 무엇인가.
- 이진호 선생님은 왜 수영장에 자주 나타나는가.

"와, 체계적이다. 이런 건 어떻게 알아낸 거야?"

"중앙 현관에서 학교 연혁이랑 상패 들 보고 정리해 본 거야. 생각보다 정보가 많더라고. 당직 기사님 사건은 떠도는 소문들 정리했고."

"흠……. 잘 정리하긴 했네. 그런데 전소가 뭐야?"

영리가 물었다.

"계영리, 넌 왜 외국인처럼 구냐. 너 태어날 때부터 한국에 살았잖아."

"너도 전소 모르잖아, 이 멍청아."

기현과 영리가 또 아옹다옹했다.

"전부 타 버렸다는 말이야."

"야, 대단하다. 진호 너는 진짜 똑똑하다."

기현의 감탄에 진호의 얼굴이 빨개졌다.

"그냥 역사 좋아해서 한자 공부 좀 많이 한 것뿐이야."

쑥스러워하는 진호를 보고 영리도 웃었다.

"야, 구기현 웹소설보다 이게 훨씬 낫다. 깔끔하고 담백하고."

"정리를 잘하긴 했지만 이미 우리가 다 알고 있는 정보잖아. 더 적극적인 활동을 해야 돼."

기현이 단호하게 덧붙였다. 진호가 기현의 말을 듣고 잠시 생각했다.

"다음 걸음을 내디디려면 지금 어디까지 걸어왔는지를 살펴봐야지. 이미 알고 있는 걸 정리하고 그다음에 뭘 할지를 생각하는 게 중요하다고 봐, 난."

좀처럼 반박을 하지 않는 진호가 내뱉은 말에 기현이 약간 놀란 듯 쳐다봤다.

"야, 진호야. 방금 네가 한 말 되게 멋있었어. 무슨 강연 프로그램에서 하는 말 같은데? 나 적어 놔야겠다."

"그만해."

진호가 기현의 호들갑에 부끄러운 듯 손사래를 쳤다.

"졸업 앨범 같은 거 찾아볼까?"

영리가 말했다.

"좋은 생각 같아. 앨범이나 학교 신문 같은 데 학교 연혁이 좀 자세히 나오기도 하잖아. 사진도 있고. 학교 홈페이지에는 옛날 일은 남아 있는 게 없었어. 분명히 수영부도 있을 텐데."

진호의 맞장구에 영리가 살짝 당황한 표정을 지었다.

"야, 대충 말한 건데 네가 그렇게 말하니까 되게 좋은 생각 같아. 교무실에 수행 평가 내러 갔을 때 졸업 앨범 연도별로

쫙 꽂혀 있는 거 본 적 있어. 일단 수영부가 메달 땄다는 그해 졸업 앨범이라도 보면 좋겠다."

"수행 평가 내러 교무실에 갔었어? 반장이 걷어 가지 않았나?"

진호가 갸웃하며 물었다.

"아 참, 진호야. 늦게 냈으니까 그렇지. 그런 의문을 표시하면 계영리 씨가 부끄럽잖아."

"닥쳐 구기현. 너처럼 안 낸 것보다 낫지. 앨범을 어떻게 가져올지나 생각해 봐."

"걱정 마. 교무실 잠입 정도는 일도 아냐. 너희 잊었냐? 난 사람 눈에 안 띄게 다니는 스킬이……."

"그 초딩 같은 스킬 얘기는 그만해라. 하여튼 앨범 가져오는 건 네가 해. 난 그 사고당했다는 기사 할아버지 좀 알아……."

영리 말이 끝나기도 전에 달갑지 않은 목소리가 뚫고 들어왔다.

"야, 계영리! 아니 개멍청! 알아보긴 뭘 알아봐?"

현상구였다.

"너희 요즘 엄청 친해 보인다. 찐따에 바이러스에 덕후에 아주 환상의 조합이네."

현상구와 강동휘가 빙글거렸다. 셋은 약속이라도 한 듯 아무 대꾸도 하지 않고 쳐다보지도 않았다. 반 애들이 힐끔거렸다.

"말만 해도 겁먹네. 모여서 뭐 하냐고."

강동휘가 건들거렸다. 그사이에 옆에서 실실 웃던 현상구가 기현이 들고 있던 소설 원고를 휙 빼앗았다.

"이거 뭐냐?"

"아, 그건 안 돼. 얼른 줘."

"싫은데에. 강동휘, 거기 노트도 갖고 와 봐."

"알았어. 잠깐 빌리자잉."

강동휘가 진호의 노트를 낚아챘다.

"어디 보자……. 물 없는 수영장의 비밀, 수영장에서 들리는 소리?"

현상구가 원고를 소리 내어 읽기 시작했다.

"야 그만해! 내놓으라고!"

9

기현의 손을 뿌리쳐 가며 읽던 현상구의 목소리가 점점 작아졌다. 낯빛이 어두워진 현상구가 원고를 팍 구겼다.

"구기자, 너 이거 뭐냐?"

"뭔데? 뭔데 그래?"

강동휘가 현상구의 손에 있는 원고를 가져오려고 하자 상구는 거칠게 동휘의 손을 막았다.

"이거 뭐냐고."

"뭐긴 뭐야, 구기현이 쓰고 있는 웹소설이지. 왜 오버를 떨고 난리야. 얼른 줘."

영리가 현상구 앞으로 다가서며 말했다.

"너는 꺼져."

현상구가 영리를 살벌하게 노려보고는 원고를 북 찢었다.

"동휘야. 그 노트에는 뭐라고 써져 있냐?"

"여기? 수영장에서는 왜 사고가 일어나는가. 왜 학교에서 방치하는가. 뭐야, 이게?"

"줘 봐."

현상구는 진호의 노트도 뺏더니 사정없이 찢어 버렸다. 기현에 이어 진호의 얼굴도 사색이 되었다.

"현, 현상구!"

"왜!"

현상구가 달려드는 기현을 슬쩍 밀었다. 진호가 휘청이는 기현을 붙잡았다.

"야, 너 지금 구기현 몸에 손댔어?"

영리가 소리쳤다.

"왜 손대면 안 돼? 난 너처럼 병 옮기는 바이러스도 아닌데 왜?"

그때 교실 앞문이 드르륵 열렸다.

"애들아! 체육 시간인데 왜 체육관에 안 오냐!"

체육 선생님이었다.

"아, 예. 쌤 가요. 애들이랑 얘기 좀 하느라고요."

강동휘가 활기차게 웃으며 체육에게 대답했다.

"야, 그만하고 얼른 가자."

동휘가 상구를 잡아끌며 나갔다.

"분명히 경고했다. 아무것도 하지 마라."

현상구는 강동휘 손에 붙잡혀 나가면서도 뒤를 돌아보며 으르렁거렸다.

"하아…… 진짜 미친놈. 야, 괜찮냐?"

영리가 기현의 어깨를 잡으며 물었다. 기현은 말없이 종이 조각들을 주워 모았다.

"내 영혼이 다 찢긴 것 같아."

"어차피 다 저장돼 있는 원고잖아. 분량도 많지 않았고. 종이 때문에 슬퍼하지 마."

진호가 위로했다. 평소와 다름없는 모습으로 돌아온 기현과 진호를 보고 영리가 한숨을 쉬었다. 기현이 웹소설을 쓴다는 걸 반 애들 대부분은 알고 있었다. 그런데 왜 저렇게까지 난리를 칠까? 역시 현상구가 수영장 사건과 관계가 있는 걸까? 영리는 주머니에 있는 키링을 만지작거렸다.

이진호는 교실 앞문을 열자마자 그 안의 공기를 금방 눈치챌 수 있었다. 그것은 오랜 세월이 지났어도 잊을 수 없는 너무나 익숙한 공기였다. 어딘지 모르게 기분 나쁜 이진호.

어쩐지 정이 안 가는 이진호. 은근히 주위를 맴돌던 조롱과 거친 분위기가 교실 문을 열었을 때 온몸에 훅 끼쳤다.

진호, 기현, 영리는 지난번 수영장에서 만난 애들이라 단번에 알아봤다. 그리고 그들과 마주 서 있던 녀석들도 다른 이유로 낯이 익었다.

수업이 많아서 체력이 바닥난 화요일이었다. 체육관을 나서는데 한 무리가 걸어왔다.

"어, 쌤 안녕하세요."

무리 중 한 명이 인사를 했다.

"그래, 안녕."

"저 동휘예요."

"그래 알지. 동휘."

옆에 서 있던 키 큰 녀석이 물었다.

"그럼 저는 누구게요."

얼른 이름이 생각나지 않았다. 겸연쩍은 마음으로 말을 이었다.

"미안하다. 선생님이 머리가 나쁜지 얼굴은 기억하는데 이름을 잘 못 외워서."

"에이, 너무하시다. 저 수업도 열심히 듣는데. 저 상구예요. 현상구. 기억해 주세용."

웃는 눈매가 서글서글했다.

"그러게 말이다. 선생님이 진짜 미안하다. 현상구. 꼭 기억할게."

'요즘 애들답지 않게 싹싹하네.'

미소를 지으며 돌아서는 순간, 부주의하게 울려 퍼지는 목소리가 귓가에 착 감겼다.

"어이없네. 온 지 한 달이 됐는데 애들 이름도 몰라."

"그니까. 저러고도 월급 받고 다니겠지. 다 우리가 낸 세금인데."

"정식 아니고 기간제라잖아. 대충 때우고 딴 데 가려나 보지."

이진호는 휙 뒤를 돌아서 소리가 나는 쪽을 바라봤다. 설마설마했는데 방금 서글서글한 눈매로 애교 섞인 인사를 하던 그 애들이 맞았다. 이 정도 거리에서 저렇게 큰 목소리로 이야기를 하면서 안 들릴 거라 여긴단 말인가. 다리에 힘이 풀렸다. 언짢은 기분과는 별개로 현상구와 강동휘라는 이름은 기억에 콕 남았다.

10

기현이 졸업 앨범을 구해 왔다. 수영부가 단체 은메달을
땄다는 그해 졸업 앨범이었다. 기현은 담임에게 귀염을 받
고 있었던 것이 큰 힘이 되었다고 했다.

"네가 태 쌤한테 귀여움을 받는다고?"

영리가 어이없어했다.

"얘가 뭘 모르네. 태 쌤한테 졸업 앨범 이야기하니까 한참
나를 쳐다보더니 그래, 우리 기현이가 필요하다면 이유가
있겠지, 하면서 줬다니까?"

"어쨌든 네가 고등학교 다니는 동안 이룬 가장 위대한 업
적이겠지 싶다."

"졸업하려면 1년도 넘게 남았는데 앞으로 무슨 일이 있을 줄 알아서?"

기현이 거드름을 피우며 말하자 영리가 코웃음을 쳤다.

"18년 동안 찌질하게 살았는데 1년 안에 뭔 일이 있겠어?"

기현이 정색하며 화를 냈다.

"넌 좀! 그런 말 좀! 그만 좀! 하라니까! 가끔 뼛속까지 기분 나쁘다니까!"

"영리가 대부분의 일에 대해 부정적인 결과를 내놓긴 하지."

생전 영리에게 뭐라고 하는 법이 없던 진호까지 말을 덧붙였다.

사는 꼬라지 보면 긍정적인 미래라고는 보이지 않는데 어떡하냐,라는 말이 혓바닥 끝까지 나왔지만 영리는 참았다. 진호에게 독설을 하면 좀 죄책감이 들었기 때문이다. 영리는 꾹 참고 앨범을 넘기기 시작했다.

"졸업은 학생들이 하는데 왜 맨날 첫 페이지는 교장 얼굴이야."

그것도 잠시, 초장부터 불평을 늘어놓았다. 한 장 더 넘기니 교사들 사진이 나왔다. 영리가 그중 하나를 가리키며 놀라운 듯 말했다.

"야, 발레리노 할배 있어. 할배 이름 배봉수라고 했지? 이 땐 되게 젊었네."

"와, 진짜네. 머리숱도 많은데?"

기현이 영리가 가리키는 사진을 보며 소리쳤다. 단정하게 머리를 빗어 넘긴 발레리노 선생님은 예리한 눈빛을 내비치며 졸업 앨범 안에 봉인되어 있었다.

"그럼 이 쌤은 수영장에 대해서 알려나?"

그 뒤로는 다 똑같은 사진들이었다. 교복을 입은 단체 사진, 똑같은 얼굴처럼 보이는 개인 사진.

"거긴 그만 보고 뒤를 보자. 학교 행사 사진 있을 거야. 아까 앞에 있던 학교 연혁에 수영부 이야기도 있었으니까 뒤에 나올지도 모르잖아."

진호의 말에 영리가 앨범을 뒤에서부터 넘기기 시작했다.

"대박, 여기 졸업생들 주소 있다. 개인 정보 무슨 일이야."

주소록에 이어 경주 수학여행, 운동회, 학생회 간부들, 별별 동아리 사진이 나왔다. 사진 속 얼굴들은 깨알 같아서 잘 구분하기 쉽지 않았다.

"어! 여기 있다. 수영부 사진."

체육복을 위아래로 갖춰 입은 채 트로피를 들고 있는 수영부, 하지만 특별한 건 없었다. 연혁에 나왔듯이 그저

제52회 전국학생수영선수권대회 은메달이라는 말밖에는.

"어? 근데 이 사람 체육 쌤 닮은 것 같지 않아?"

영리가 한 사람을 가리켰다.

"그러네? 머리가 약간 더 짧아도 체육 쌤 닮았는데?"

"거기 말고 여기, 이 사진이 진짜 체육 선생님인데?"

옆 페이지를 보던 진호가 말했다. 정말이었다. 그 사진 속에는 정말 체육 선생님과 똑같은 얼굴을 한 사람이 있었다. 학생 회장단 봉사 활동 사진 속 체육 선생님은 웃고 있었다. 얼굴이 크게 나온 사진이라 더 눈에 띄었다. 웃을 때 반달처럼 휘어지는 눈과 입가에 생기는 주름 같은 보조개가 똑같아 보였다. 셋은 동시에 소름이 오소소 돋았다.

"지난번에 이 학교에 온 지 얼마 안 돼서 수영장은 잘 모른다고 하지 않았어? 그런데 여기 졸업생이라고?"

기현이 고개를 갸웃거리며 앨범 앞쪽으로 돌아가 개인 사진을 천천히 다시 살폈다.

"없는데. 개인 사진이랑 학급 사진에는 없어. 이진호라는 이름도 없고."

"그럼 졸업생이 아니라는 소린가? 아니면 개명을 한 건가?"

도무지 알 수가 없었다. 학교나 수영장에 대해 아무것도 모른다고 한 체육 선생님이 이 학교를 다녔었고 그거로도 모자라 수영부에다 학생회 활동까지 했다고? 그렇다면 모른 척할 이유가 뭐가 있단 말인가.

기현이 벌떡 일어났다.

"찾아가서 물어볼까? 앨범 들고 보여 주면서 말이야. 이게 어떻게 된 일이냐고."

"지난번에 봤잖아. 뭔가 알고 있는 것 같은데 모른 척하고 딴말로 넘어간 거. 아무것도 얘기해 주지 않을 것 같은데."

영리가 어깨를 으쓱했다.

"원래 수상했는데 더 수상해. 혹시 체육 귀신 아닐까? 몇 십 년째 이 학교를 다니고 있는."

"수영부였으니까 수영장에서 무슨 사고를 당해서 죽은 거 아닐까? 그래서 틈만 나면 수영장에 오는 거지."

"하지만 체육 선생님이 귀신은 아닐 것 같아. 배드민턴도 치고 수업도 하고 급식도 많이 먹잖아. 귀신이 그렇게까지 현실적이지는 않을 것 같아."

둘의 대화를 가만히 듣던 진호가 말했다.

"그건 그렇지. 그냥 아무 말이나 한 거야, 진호야."

기현이 풀이 죽은 얼굴로 대답했다.

"그러면 우리 이 선생님 찾아가 보면 어때?"

진호의 손가락이 발레리노 할배 아니, 배봉수 선생님을 가리키고 있었다.

"발레리노 할배를 찾아가자고?"

영리가 펄쩍 뛰듯 소리쳤다.

"당시에 근무했고 이후에도 쭉 학교에 있었으니 누구보다 더 많이 알고 있지 않을까? 수영장에 대해서 말이야. 그리고 체육 선생님에 대해서도 얘기해 줄 수 있잖아."

"그렇긴 한데……. 제 발로 선생님을, 그것도 학교도 그만 둔 사람을 찾아가는 건 좀 이상하잖아. 갑자기 왜 찾아왔냐고 물어보면 뭐라 그래? 우리가 발레리노 할배하고 가까웠던 것도 아니고."

영리가 자신 없이 중얼거렸다.

"뭔가 그럴듯한 이유를 만들면 되지. 학교에서는 더 찾아볼 자료도 없을 것 같으니 이제 사건과 관련된 사람을 만나야지. 조사는 원래 그런 거잖아."

진호의 말에 기현이 맞장구쳤다.

"그래 그러자. 핑계나 이유라면 걱정 마. 나 소설 쓰잖아. 그런 건 식은 죽 먹기지. 진호 말이 맞아. 우리가 지금까지 너무 소극적으로 조사를 한 것 같아. 취재는 직접 사람을 만나는 거지. 까짓것 가자. 어차피 지금은 학교 쌤도 아닌데 무

69

서워할 필요 없잖아."

"왜 이렇게 오버야? 그리고 어떻게 찾아가냐? 주소도 모르는데."

"그것도 나한테 맡겨. 은근히 나를 좋아하는 태 쌤한테 전화번호 물어볼게. 허락도 내가 받아 보지 뭐."

기현이 또 거들먹거렸다.

"그래도 양심은 있나 보다. 대놓고는 아니고 은근히 좋아한다고 강조하는 거 보면."

영리가 코웃음을 쳤다.

"야, 계영리! 나는 이렇게 앨범도 빌려 오고 선생님 주소도 알아보겠다는데 너는 뭐 했냐? 너야말로 우리 중에 하는 일 하나도 없는 녀석 아니야."

영리가 그 말을 듣고 입꼬리 한쪽을 올리며 픽 웃었다.

"웃기지 마. 네가 말하는 취재, 나는 이미 지난주에 했거든. 나는 당직 기사 할아버지에 대해 알아 왔어."

"뭐라고? 네가 무슨 수로?"

"내가 급식실 할머니랑 좀 친해. 밥 잘 먹는다고 칭찬도 받고."

지난주 금요일이었다. 급식실 할머니가 마침 무거운 짐을 들고 가는 걸 보고 영리는 잽싸게 뛰어갔다.

"제가 짐 들어 드릴게요."

영리는 태어나서 한 번도 해 본 적 없는, 어른들에게 예의 바르고 친절한 학생 역할을 썩 잘 해냈다.

"아이고, 학생. 밥도 복스럽게 많이 먹더니 싹싹하기까지 하네."

"네, 감사합니다. 그런데 혹시 지난번에 사고 나신 당직 기사님 좀 어떤지 아세요?"

"아니, 학생이 왜 그게 궁금해?"

"아, 제가 학교 일찍 와서 못 들어가고 있을 때 문도 열어 주시고 참 친절하셨는데 마음이 안 좋아서요."

"뭐어? 김 씨가 친절했다고? 그 영감도 죽을 때가 되니 변했나 보네. 그 독살스러운 인간이 친절하단 이야기를 다 듣고."

"독살…… 스러워요?"

당직 기사는 동네에서 패악스러운 사람으로 소문이 나 있다고 했다. 이유 없이 지나가는 사람한테 욕하고 나이 든 아내나 다 큰 자식까지도 두들겨 팼다는 것이다. 나이 상관없이 반말지거리에 눈만 마주쳐도 시비를 걸어서 동네 사람들이 다 싫어했단다.

"아무리 일할 사람이 없어도 그렇지. 그런 인간이 학교에 취직을 하다니 말세지 말세. 학생도 조심해. 그 인간이랑 말도 섞으면 안 돼."

"아, 네. 그런 분인지 진짜 몰랐어요. 어차피 지금 누워 계시니까 말할 일도 없겠지만요."

"허리를 많이 다쳐서 똥오줌을 받아 내야 해서 그렇지 밥도 잘 먹는대. 원래 독한 놈일수록 빨리 죽지도 않고 병도 잘 안 걸려. 착한 사람들이 맘 아프고 몸 아프지. 천벌받았다고 좋아했더니 마누라 고생만 더 시키고 있어."

할머니는 정신없이 말을 늘어놓다가 영리를 보고는 아차 싶었는지 말을 멈췄다.

"아이고, 내가 학생 앞에서 별말을 다 하네."

"아니에요. 알려 주셔서 감사해요. 혹시…… 그분 학교 오시기 전에는 무슨 일을 하셨는지도 아세요?"

"현웅농장에서 일했지. 꽤 오래 일했을걸. 그 영감이 돼지 농장에서 일할 때도 그렇게 모질었대. 아무리 말 못 하는 짐승이라도 그렇지. 지나가는 개들도 그 영감 지나가면 벌벌 떨고 그랬다니까."

"돼지 농장이라고? 진호가 수영장에서 짐승 소리 비슷한 걸 들었다고 했잖아. 혹시 돼지 아니야? 그럼 돼지가 복수를?"

기현이 소리쳤다.

"아까는 체육 쌤이 귀신이라더니 이번엔 돼지 귀신이냐? 너도 참 한결같다."

영리가 기현을 한심하게 쳐다보았다.

"그럼 이 이야기에서 뭐가 중요한데? 그 할아버지가 원래 나쁜 사람이었다는 거?"

"그게 아니라 그 할아버지가 일했다는 현웅농장이 중요해. 그 농장이 현상구네 농장이야. 정확히 말하면 현상구 할아버지가 운영했던 농장이지. 지금은 없어졌지만."

"와, 그렇단 말이지. 어쨌든 그 사고에 현상구라는 연결 고리가 하나는 있다는 거잖아. 현상구가 내 소설을 보고 날뛰는 이유가 따로 있을 수도 있다는 거네?"

기현이 입맛을 다시며 손을 비볐다.

"똥파리처럼 뭐 하냐."

영리가 퉁명스럽게 말했다. 영리는 부모님이 옛날에 현웅농장에서 일했다는 이야기까지는 하지 않았다. 엄마에게도 김 씨에 대해 물어봤지만 자기는 축사 일보다는 농사일을 주로 해서 잘 모르겠다고만 했다. 그리고 또 그때 이야기는 꺼내지도 말라며 화를 냈다. 영리는 주머니의 키링을 다시 한번 만지작거렸다.

'조금만, 조금만 더 알아보자.'

아직은 애들에게 키링을 주웠다는 것도 현상구가 키웠던 새끼 돼지 이야기도 꺼내지 않았다. 어쩐지 그 문제는 자신이 제일 먼저 진실을 알아내고 해결해야 속이 시원할 것 같았다.

11

갈비가 들어간 김치찌개, 분홍소시지 계란부침, 갖가지 고명이 들어간 잡채, 잘 모르는 나물들, 커다란 생선구이, 돌돌말린 오색 채소들, 숟가락 아래마다 놓인 하얀 받침대.

"야, 나 이런 밥상은 명절 때도 본 적 없는데."

기현이 숟가락을 들며 진호에게 속삭였다. 눈이 휘둥그레지기는 영리도 마찬가지였다. 맨날 한두 가지 반찬만 먹고 급식이 최고의 만찬인 영리에게는 생경한 식사였다.

잘 먹겠다는 인사를 마치기 무섭게 영리는 잡채를 야무지게 집었다.

"아유, 학생은 한국 음식도 잘 먹네."

사모님의 말에 볼이 미어지게 밥을 욱여넣고 있던 기현이 대답했다.

"얘 토종 한국 사람이에요."

"어머 그래. 40년 가까이 교직에 있었던 양반인데 제자가 집으로 찾아오는 건 처음이야. 이 양반이 원래 고기 잘 안 먹어서 이런 반찬 안 하는데 학생들 와서 했어. 많이들 먹어."

발레리노 할배 아니, 선생님의 사모님은 선생님과는 다르게 인자하고 푸근한 분이었다.

"거, 사람 참. 뭐 별일이라고."

발레리노 선생님은 헛기침을 하면서도 내심 기쁜 얼굴로 아이들 쪽으로 반찬들을 두었다. 덕분에 셋은 긴장이 싹 풀렸다. 혼이 나면 어떡하나, 들어가 보지도 못하고 쫓겨나는 건 아닐까 걱정하고 왔는데 이런 손님 대접이라니. 생일 파티 초대도 받아 본 적 없는 18년 동안의 삶. 손님으로서 받는 밥상은 처음이나 다름없었다. 더구나 이렇게 맛있는 밥상이 나올 줄이야. 밥상을 거뜬히 해치운 후 과일과 차를 가운데 두고 선생님과 마주 앉았다.

"그러니까, 너희가 다 2학년 5반이고. 네가 이름이 준호, 너는 기훈이, 너는 영지라고?"

한 명이라도 맞힐 법한데 선생님은 단 한 명의 이름도 제대로 말하지 못했다. 벌써 다섯 번쯤 말한 이름이다. 사모님은 답답했는지 과일을 내주고 방으로 들어가 버렸다.

"애는 임진호, 애는 구기현, 저는 계영리예요. 뭐 부르고 싶으신 대로 불러도 별 상관은 없어요."

영리가 과일을 쩝쩝거리며 대꾸했다.

"선생님 건강은 어떠세요. 요즘 잘 지내시죠?"

진호가 어색함이 넘치는 말투로 간신히 준비해 온 인사를 건넸다. 그 인사치레에도 선생님 얼굴에는 웃음꽃이 활짝 폈다. 학교에서는 한 번도 본 적 없던 밝은 표정이었다.

"나야 뭐 잘 지내지. 요즘 문화센터 가서 거 뭐더냐. 그렇지, 스포츠 댄스 강습을 받고 있는데 나 같은 클래식 전공자랑 좀 안 맞는 게 있긴 해도 참 재미가 있더라고. 스포츠 댄스만 하느냐, 끝나면 또 노래 교실이 있지. 그러다 보면 또 오전이 훌쩍 간다 이 말씀이야. 도서관 가서 신문 좀 보고. 뭐 그러면 하루가 금방 가는 거야. 요즘 노래 교실에서는 이런 노래를 배우지."

선생님은 기어코 노래 교실에서 배우고 있는 트로트까지 세 소절 정도 뽑고 대답을 마무리했다.

영리가 진호를 꼬집으며 고개를 저었다. 더 이상 질문을 해서는 안 된다는 뜻이었지만 진호는 알아채지 못하고 또 질문했다.

"그런데 선생님은 어쩌다 발레를 하게 됐어요? 선생님처럼 늙은 아니, 나이 든 남자 어른 중에서 발레 하는 분을 본 적이 없어서요."

오 마이 갓. 기현은 작은 소리로 말하며 천장을 바라봤다. 예상대로 이야기의 시초는 6·25전쟁 직후로 거슬러 올라갔다. 1시간 쯤 지났을 때는 선생님의 외조부, 친조부님이 하시던 일, 가정 형편과 교육 방침, 그 시절 남자아이에게서는 찾기 어렵지만 너무나 천부적이어서 눈에 띄지 않을 수 없던 무용가로서의 재능, 발레리노로 활동하며 겪었던 눈물과 좌절 들까지 알게 되었다. 거기서 이야기가 30분쯤 더 진행되자 목현고등학교에 근무하게 됐다는 이야기가 가까스로 나왔다.

'놓치지 않을 거야.'

긴장한 채 타이밍을 노리던 영리는 저도 모르게 지나치게 큰 목소리로 선생님의 이야기에 끼어들었다.

"그러니까요. 선생님! 그때 수영장 말이에요. 수영장!!!"

눈을 반쯤 감고 이야기에 취해 있던 선생님은 영리의 비명에 가까운 외침에 눈을 번쩍 떴다.

"수영부가 그해에 대회도 나가고 메달도 땄다는데요. 혹시 그때 기억나세요?"

선생님이 눈을 가느다랗게 뜨고 영리를 쳐다봤다.

"수영장, 수영부? 그걸 나한테 왜 물어봐?"

기현이 서둘러 말을 늘어놓기 시작했다.

"제가 전화로 말씀드렸는데요. 저희가 동아리 활동으로 목현읍 역사에 대해 조사를 하고 있거든요. 저희 셋이 우리 학교 역사를 맡았는데 영 수영장 정보가 없더라고요. 특별한 시설이잖아요. 게다가 수영부가 상도 타고 했는데 왜 수영부는 없어지고 수영장도 폐쇄된 건지……."

발레리노 선생님 표정이 더 심술궂게 변했다.

"학교 역사를 알아본다고?"

진호가 약간 당황하며 설명을 덧붙였다.

"우리 학교 역사책을 만들거든요. 내년이 개교 100주년이더라고요. 저희가 딱 선생님이 체육 부장이던 그때를 맡았어요. 수영부가 메달 딴 것 빼고는 수영장에 대한 자료가 아무것도 없어서 알아보려고요."

예상치 못한 진호의 임기응변에 기현이 놀라는 표정을 지었다. 선생님은 코웃음을 쳤다.

"100주년이라고 또 쓸데없이 뭘 만드는 모양이구면."

영리가 다시 물었다.

"그때는 진짜 수영장에서 진짜 수영도 했어요?"

"그건 또 뭔 바보 같은 질문이야. 그럼 가짜 수영장에서 가짜 수영을 하냐."

기현이 영리에게 속삭였다.

선생님은 짜증스러운 표정으로 눈을 감았다. 아까 묻지도 않은 말을 즐겁게 할 때와는 영 딴판이었다.

"그놈의 수영부. 난 수영부라면 하고 싶은 말 하나도 없다. 한참 지원해 줘야 할 발레부 예산 다 빼 가서, 거기다 투자하느라고 나도 애들도 어찌나 피해를 입었는지. 그놈의 수영장도 그래. 병이나 옮고 민원이나 들어오지 뭐."

영리가 눈을 번뜩이며 선생님의 말을 붙잡았다.

"수영장에서 병이요? 왜요? 무슨 전염병 돌았어요?"

선생님이 큼큼 기침을 했다.

"병은 무슨 병, 하도 속상해서 병날 뻔했다는 이야기다. 어쨌든 야외 수영장이 좋을 게 뭐가 있냐. 벌레 들어가지 나뭇잎 떨어지지. 걸핏하면 눈병 걸리고 감기 걸리지. 물갈이도 힘들지. 학교에 야외 수영장이 가당키나 하냔 말이야. 어디서 뭐가 흘러 들어갈지도 모르는 그거를 떡하니 지어 놓고. 지은 놈들도 미친놈들이고, 다들 제정신이 아닌 거지. 하여튼 학교 역사책에 수영부고 수영장이고 그때 일 나오는 거 좋아할 사람 아무도 없을 거다. 그러니 조사고 뭐고 하지 말고 그냥 가."

배봉수 선생님은 급하게 마무리를 짓고 자리에서 벌떡 일어났다.

진호가 안타깝다는 듯이 다시 물었다.

"선생님, 선생님 하나만 더요! 새로 오신 체육 선생님, 이진호 선생님 말이에요. 선생님 학교 계실 때 본 적 있으세요? 앨범에 있던데요."

"이진호? 처음 듣는 이름인데? 그 많은 학생들 이름을 어떻게 다 기억해? 그리고 내 뒤로 누가 오든 내가 무슨 상관이냐. 2년만 있으면 정년퇴직인데 사람을 억지로 쫓아내다시피하고. 그놈의 학교 치가 떨린다."

"아 선생님, 하나님 얘기해서 잘린 거. 아니, 아니 그만두신 거 아니었어요?"

기현의 부주의한 말에 영리가 팔꿈치로 옆구리를 때렸다.

"하나님 얘기? 뭔 얘기? 이제 별소리를 다 듣겠네. 그럼 천국 가는 길이 눈앞에 있는데 멍청하니 있는 어린 양들을 가만둬야 좋은 선생이냐? 너희들도 말이야, 이런 거 조사할 정신 있으면 교회를 가라. 거기서 영혼의 안식을 얻으라고. 내가 부당하게 학교에서 쫓겨났어도 이렇게 즐겁게 살 수 있는 힘이 어디서 나오겠느냐. 다 주님 덕택이야!"

"선생님 교회라면 걱정 마세요. 저는 주일뿐 아니라 매일 교회에 다니고 있으니까요."

기현이 여유만만하게 웃었다.

"그래? 너 교회를 다녀?"

"기현이네 집이 교회예요. 아버지가 새목현교회 목사님이거든요."

"새목현교회? 그럼 네 춘부장 어르신이 구자현 목사님이시냐?"

"춘부장? 춘부장이 뭔지는 모르겠지만, 구자현 맞아요. 저희 아버지 어떻게 아세요? 선생님 저희 교회 다니세요?"

기현의 말을 들은 배봉수 선생님이 당황한 듯 눈을 끔벅거렸다.

"허허, 이게 참 무슨 일인지 모르겠네. 갑자기 구 목사 아들이 집에 찾아오질 않나. 수영장 일을 물어보질 않나. 아무래도 올해 무슨 변고가 생기려나. 벌써 지난 세월이 얼만데."

기현은 그 말에 아랑곳하지 않고 배봉수 선생님 턱밑에 앨범을 내밀었다.

"선생님, 이 얼굴 한번 봐 보세요. 기억나지 않으세요? 여기 머리 짧고 눈 가느다란 학생 말이에요."

"아, 이놈들이 모른다니까 왜 이래!"

발레리노 선생님은 버럭 소리를 지르면서도 별수 없다는 듯 기현이 가리킨 얼굴을 봤다.

"이놈은 이명호 아니냐?"

12

"이명호요? 그게 누구예요?"

"이명호가 이명호지. 누구긴 누구야?"

"잘 봐 주세요. 이름을 착각하신 거 아니에요? 선생님 후임으로 온 체육 선생님하고 똑같거든요."

기현의 말에 배봉수 선생님이 황당한 얼굴로 쳐다봤다.

"내 후임으로 누가 왔어? 이명호? 이명호 죽은 지가 언젠데 말도 안 되는 소리를."

"네에?"

영리가 소리쳤다. 해마다 학교를 다닌다는 괴담 속 학생들이 생각났다. 배봉수 선생님은 머리가 아픈 듯 이마에 손을 대고 한참 말이 없었다.

"너희들 어서 가거라. 나는 이명호고 후임이고 이제 할 얘기 없으니까 얼른 가."

이후로 배봉수 선생님은 어떤 질문에도 조개처럼 입을 다물고 꿈쩍도 하지 않았다. 셋은 결국 밥만 잔뜩 먹고 터덜터덜 나올 수밖에 없었다.

"그래도 이명호라는 이름 하나는 알아냈네. 이제 뭘 어쩌지?"

기현이 한숨을 쉬었다.

"이명호 이진호 이름이 비슷하잖아. 혹시 쌍둥이? 아님 발레리노 착각 아닐까? 명호 진호."

영리가 투덜대듯 중얼거렸다.

진호가 멈춰 서더니 발끝을 보며 생각에 잠겼다. 앞서가던 기현과 영리가 뒤늦게 진호를 보고 다시 돌아갔다.

"뭔데? 너 뭐 생각난 거지?"

"이명호라는 사람 말이야. 학생 회장단에도 있었고 수영부 사진에도 있었잖아. 개인 사진은 없었으니 아직 졸업생이 아니란 이야기지. 그럼 그다음 해 앨범에는 사진이 있지 않을까? 회장단이면 2학년이었을 테니까."

"오, 그렇네! 그럼 이름도 다시 확인할 수 있고. 학급 단체 사진도 있으니까 체육 선생님인지 아닌지 더 확실히 알 수 있고."

"그리고 앨범에 주소록도 있었잖아. 진짜 졸업생이라면 주소를 알 수도 있을 거야."

"진호 너는 진짜 우리 조직의 보물이야."

기현이 함박웃음을 지었다. 진호도 보일 듯 말 듯 옅은 미소를 지었다.

앨범에서 본 이명호라는 사람의 사진은 어쩐지 익숙했다. 체육 선생님과 닮아서만은 아니었다. 이명호의 얼굴을 보자마자 진호 머릿속에 떠오른 건 수영장이었다. 정확히 말하자면 수영장에서 들었던 그 소리. 사람 소리인지 짐승 소리인지 빗소리인지 물소리인지 모를, 온갖 것이 마구 섞여서 들리던 소리. 앨범에서 이명호의 얼굴을 본 순간 그 소리가 귓가를 울렸다. 실체가 없었던 환상이 점점 더 구체화되어 가는 것 같아 진호는 당혹스러웠다.

기현은 다음 해 앨범을 빌려 오는 데 성공했다. 이번에도 담임 선생님이 선선하게 앨범을 줬다고 했다. 학교 졸업 앨범이 기밀 자료도 아니고 안 빌려줄 이유도 없을 텐데 기현은 끝없이 자신의 능력을 자랑하며 둘을 지치게 했다.

"대박. 진짜 있다. 정말 이명호인데?"

졸업 사진에 있는 이명호는 남학생이었다. 청소년과 어른 사이 어디쯤에 있는 듯한 어색한 골격 그리고 선명한 눈빛. 이진호 선생님과는 분명히 달랐다. 왠지 더 자신 있고 당차 보이는 그런 얼굴이었다.

"이명호 선배님은 사교성이 좋았나 봐. 행사 사진에 안 나오는 데가 없어."

"그러게, 쫌 재수 없었을 수도."

진호의 말에 기현이 콧방귀를 꼈다.

"담임이 배봉수 선생님이네. 선생님이 보자마자 알아볼 만했어. 영리 넌 어떤 것 같아?"

"체육 쌤이랑 닮은 듯 다르네. 하긴 이쪽은 남자니까. 그럼 둘이 남매인가?"

"얼른 주소 찾아보자."

역시 졸업 앨범 말미에는 버젓이 주소가 나와 있었다.

"와, 주소가 웬 말이야."

영리가 다시 한번 놀랐다.

"옛날에는 전화번호부도 있었다잖아. 우리 아빠 장난 전화 맨날 했다던데."

"목사님도 어릴 때는 그런 장난했구나."

"우리 아빠 지금도 집에서는 장난 잘 쳐."

"좋겠다. 우리 아버지는 맨날 아파서 누워 계시는데."

"우리 아빠는 카자흐스탄 가 버려서 얼굴도 못 보는데."

"야, 너희들 왜 그래 진짜. 나 울어 버린다."

서로의 시시한 농담에 웃음이 났다. 호흡도 한결 가벼워
진 것 같다. 따로 떨어져서 누군가의 미움을 견디거나 혼자
서만 일을 도모할 때와는 확연히 다른 공기를 다들 느끼는
것이다. 어쩌면 수영장의 비밀이나 사건 조사에 열을 올리
는 것도 그냥 이런 시간이 좋아서인지도 몰랐다.

"검색해 볼게. 목현읍 현길리 산 208. 지금도 있는 주소인
데? 바뀌지 않았나 봐. 현길리면 영리 너희 동네 아냐?"

진호가 주소를 찾아보고는 말했다.

"주소에 산이 붙은 거 보니까 우리 집보다 더 위쪽인가 봐.
오늘 학교 끝나고 내가 한번 가 볼게."

"안 돼. 너 혼자 가면 위험할 수도 있어. 토요일에 다 같이
가는 걸로 해."

"어차피 우리 동네 맨날 다니는 덴데 뭐가 위험해? 귀신이
라도 나올까 봐?"

영리는 군소리를 하면서도 기현의 단호한 제안이 싫지는
않았다. 결국 다 같이 토요일에 이명호의 집 아니, 집이었던
곳에 가 보기로 했다.

이제야 진짜로 조사를 시작한 기분이 들었다. 대체 이명
호는 누구일까? 정말 배봉수 선생님 말대로 죽은 사람일까?

13

토요일은 날이 맑았다. 오랜만에 교복을 벗고 사복 차림으로 밖에서 만나니 나들이라도 가는 기분이 들었다. 진호와 기현은 현길리까지 가는 몇 대 없는 버스를 타고 영리네 동네로 향했다. 사방이 봄빛으로 가득했다. 창 안으로 벚꽃이 날아들었다.

"너무 아름답다. 아름다워."

진호의 혼잣말에 기현이 진호를 쳐다보며 말했다.

"넌 참 사람들이 입 밖으로 안 하는 말을 잘도 한다."

"문어체 같지? 책만 봐서 그런가."

"이거 봐. 뭐라고 말해도 인정도 잘하잖아. 근데 정말 아름답긴 하…… 윽, 냄새."

현길리로 접어드니 사방에서 축사 냄새가 들어오기 시작했다. 사람들이 창문을 닫았다. 아무리 맡아도 적응되지 않는 냄새였다.

이명호의 집에 단서가 있긴 할까? 사실 뭘 알아내려 가는지도 불분명했다. 진호는 알 수 없는 과거에 끌려들어 가는 기분이 들었다. 하나를 알면 다른 것이 딸려 나와서 새로운 사실을 만들어 냈다. 일단 부딪혀 보는 수밖에. 뭐라도 알게 되겠지.

영리는 버스 정류장에 서 있었다. 늘 질끈 묶고 있던 숱 많은 갈색 머리를 풀고 청남방에 까만 바지를 입고 서 있는 영리는 정말 여행 온 외국인 같았다. 물론 어떤 외국인도 목현읍 현길리에 굳이 관광을 올 일은 없겠지만 말이다.

"왔냐?"

"나이스 투 미튜."

"뭐라고 씨부렁대는 거야. 얼른 따라오기나 해."

영리는 성큼성큼 앞장서서 걸어갔다. 이명호의 집은 가파른 골목길을 꽤 오래 올라간 후에야 나왔다.

"여긴 집이 많네. 다 사람이 살고 있나? 우리 동네에는 빈집 많은데."

"여기 근처에 농장이 많거든. 우리 아빠 같은 외국인들이 많이 살아. 할머니들도 있고. 옛날에는 젊은 사람들도 많이 살았다고 하는데 이제 이 동네에 고등학생은 나밖에 없을 걸. 여기까지 안 와 봐서 잘은 모르지만."

"여기다. 파란 대문. 주소가 그대로 쓰여 있네."

생각보다 깨끗하고 번듯해 보이는 집이었다. 을씨년스럽고 무서운 모습을 상상했는데 살구꽃이 가득 핀 집은 화사하기만 했다.

"이제 어떻게 해야 하지?"

우물쭈물하는 영리를 대신해 기현이 대문을 두드렸다.

"계세요? 혹시 안에 누구 계세요?"

예상대로 아무 대꾸가 없었다. 대문에 귀를 대 봤지만 아무 소리도 들리지 않았다. 진호가 까치발을 들어 그리 높지 않은 담 안을 들여다봤다.

"아무래도 사람이 살지 않는 것 같은데. 생활 흔적이 전혀 없어."

유리창이 불투명해 집 안쪽이 보이지 않았다. 마당엔 걸려 있는 빨래도 물을 쓴 흔적도 발자국도 없었다. 살구나무 빼고는 식물들도 거의 말라 죽은 것 같았다.

"근데 누가 관리를 하는 것 같아. 마당에 풀도 없고 깨끗하잖아."

"주변에 누구 물어볼 사람 없나?"

하지만 골목길 어느 집에서도 인기척 하나 들리지 않았다. 주말 아침 모두가 잠을 자는 걸까. 일을 하러 간 걸까. 햇빛이 내리쬐는 고요한 동네가 갑자기 오싹하게 느껴졌다.

"여기 분위기가 어쩐지 수영장이랑 비슷한 것 같다."

그때 골목 저 아래서부터 소리가 들려왔다. 저벅저벅 찍찍 저벅저벅. 신발을 끌면서 걸어오는 소리가 점점 가까워졌다.

"쉿!"

셋은 누가 먼저랄 것도 없이 골목 왼편으로 가서 몸을 숨겼다. 방금 전까지 누구라도 나오길 기다렸지만 어쩐지 그래야 할 것 같았다. 최대한 담벼락에 붙어 몸을 숨기고 발자국 소리의 주인을 기다렸다. 기현이 침을 꼴깍 삼켰다. 영리가 입술에 손가락을 대고 소리 내지 말라는 신호를 줬다.

저벅저벅 저벅저벅…….

드디어 발자국 소리가 딱 멈췄다. 하얀 신발, 하얀 운동복. 등 뒤에 멘 하얀 라켓 가방. 발자국의 주인공은 천연덕스럽게 다가왔다.

"너희들 여기서 뭐 하니?"

숨도 못 쉬고 있던 진호가 한숨을 길게 토해 내며 말했다.

"또 선생님이네요. 어떻게 저희를 바로 찾아내세요?"

"그래, 또 나다. 저 아래쪽부터 다 보였는걸. 도대체 뭐 하고 있는 거야?"

영리는 이제 정면 돌파를 하는 수밖에 없다고 생각했다. 자꾸 수영장에 나타나는 선생님. 앨범에 있는 이명호와 쌍둥이처럼 닮은 선생님. 이름마저도 비슷한 선생님이 대체 이명호와 무슨 관계가 있는지, 이명호의 집에까지 나타난 이유가 무엇인지.

"쌤은 여기 왜 온 거예요?"

영리가 높은 톤으로 묻자 이진호 선생님은 눈을 끔뻑이며 머리를 긁적거렸다.

"그건 내가 너희한테 물어봐야 할 것 같은데? 너희는 왜 토요일 아침에 우리 집 앞을 어슬렁거리고 있는 거지?"

"여기가 쌤 집이라고요? 거짓말 마세요. 지난번 읍내에서 마주쳤을 때 거기 산다고 했잖아요."

영리가 날카롭게 물었다.

"거기도 우리 집 맞아. 여기는 내가 어릴 때부터 살던 집이야. 학교 통근하기 불편해서 지금은 읍내 원룸에 살고 있고. 이 집은 비어 있어."

영리가 다시 목소리를 높이려 하자 기현이 끼어들었다.

"선생님 그러면 집에 들어가서 얘기 좀 해 주시면 안 돼요? 저희가 이 집에 살던 사람에 대해 꼭 알고 싶어서요."

선생님은 대답 없이 대문을 열었다. 파란색 대문이 덜컹 소리를 내며 열리자 저도 모르게 숨이 후 새어 나왔다. 대문 안으로 들어가면서 기현이 속삭였다.

"야, 들어가면 질문은 진호가 해. 계영리 너는 쓸데없이 흥분해서 안 되겠어. 자꾸 시비 걸 듯이 이야기를 하잖아."

평소 어른들과 이야기하면 말투 때문에 늘 혼이 나곤 했던 영리는 순순히 고개를 끄덕였다.

집 안은 아직도 누군가 살고 있는 듯 짐이 있었지만 먼지한 톨 없이 깨끗했다. 셋은 선생님이 타다 준 믹스커피를 앞에 두고 앉았다.

"그래, 묻고 싶은 게 뭔데? 이제 말해 봐. 이것도 수영장의 비밀과 관련 있는 거니?"

진호가 목을 가다듬더니 책을 읽듯 질문을 시작했다.

"먼저 이명호라는 분을 아는지 묻고 싶어요. 저희가 수영 장을 조사하려고 수영부가 있던 때 졸업 앨범을 봤는데 선생님과 얼굴이 똑같은 사람이 있었어요. 그런데 배봉수 선생님 아시죠? 선생님 전에 근무한 체육 선생님이요. 그분이 앨범 사진을 보더니 선생님과 똑같이 생긴 그 사람을 이명호라고 했어요."

진호의 조리 있는 설명에 기현이 안도를 한 듯 고개를 끄덕이며 선생님을 살폈다.

"그래, 그럼 대답하기 전에 나도 묻자. 이 집은 어떻게 알고 찾아온 거야?"

"앨범 뒤에 주소 보고 왔어요. 제가 태 쌤하고 친해서 선생님이 앨범을 빌려줬거든⋯⋯."

기현이 얼른 끼어들었다.

영리가 쓸데없는 소리를 하려는 기현의 허벅지를 때렸다. 이진호 선생님이 그 모습을 보고 픽 웃었다.

"너희들 꽤 진심이구나? 그냥 장난인 줄 알았는데. 주소를 보고 여기까지 찾아왔단 말이지. 생각보다 꽤 체계적⋯⋯."

뜸을 들이는 이진호 선생님을 끝까지 기다리지 못하고 영리가 말을 쏟아 냈다.

"이명호, 아는 사람 맞죠? 쌤은 분명 수영장에 대해 아는 게 있어요. 그런데 계속 모른 척하고요. 우리가 수영장을 알아본다는 이유만으로 발레리노 할배, 아니 배봉수 쌤은 화를 내고 어째선지 현상구까지 날뛰고 있어요. 게다가 쌤과 얼굴이 똑같은 이명호라는 사람이 나타났고요. 그 사람은 학교 대표 수영 선수에다 상도 탔었다고요. 분명히 뭔가 다 연관이 있어요!"

영리의 거침없는 말에 절로 얼굴이 찌푸려졌다. 이진호는 후회스러웠다. 어쩌다 보니 목현고에 오긴 했지만 역시 목현읍에 다시 돌아온 것은 잘못이라는 생각이 들었다. 떠난 지도 20년이 다 되어 가는 고향. 이제 웬만한 건 다 잊어버렸다고 생각했는데 아니었다. 학교에 오자마자 폐허가 된 수영장을 맞닥뜨리고 거기서 쓰러졌다는 당직 기사 이야기를 들었다. 다가서면 안 될 것에 자꾸만 끌려드는 기분이었다.

"왜 대답 안 해 주세요? 혹시 선생님이 이명호 아니에요? 아니다. 이명호라는 분은 이미……."

이진호 선생님이 체념한 듯 입을 열었다.

"내가 숨길 게 뭐가 있겠니. 이명호는 우리 오빠야. 나랑 두 살 터울. 초등학교, 중학교, 고등학교 다 같은 학교를 나왔지. 그리고 너희도 들었겠지만 오빠는 오래전에 목현읍에서 죽었어. 정확히 말하자면 실종됐지만."

"네? 실종이요? 배봉수 쌤은 죽었다고……. 아니 돌아가셨다고 하던데."

뜻밖의 대답에 영리가 기어드는 소리로 덧붙였다.

"맞아. 실종인데 자살로 결론 났어. 하지만 당시에 시신을 발견 못 했거든. 지금까지도 말이야."

셋은 할 말을 잃었다. 선생님이 불쑥 다른 말을 꺼냈다.

"너희들 구제역이라고 아니?"

"……?"

"오빠 죽음과 관련된 사건이 구제역이야. 우리 오빠는 나와는 달리 동네에서도 알아주는 모범생이었어. 그런데도 목현읍에서 멀지 않은 대학 수의학과에 갔지. 엄마가 굉장히 안타까워했어. 서울 좋은 대학에 가고도 남을 성적인데 지방 대학을 간다고."

뭔지 모를 구제역 이야기에 이명호의 과거까지 도통 연결이 되지 않았지만 셋은 잠자코 이야기를 들었다.

"대학을 나와서 오빠는 당연히 수의사가 됐어. 그리고 소원대로 동네에 있는 동물들을 치료해 주러 다녔지. 아마 좋은 의사였을 거야. 그 병이 돌기 전까지는 말이야."

"구제역이요?"

"그래, 구제역. 이 동네에는 돼지 농장이 엄청 많잖아. 오빠가 돈사를 다니면서 살처분을 하느라 굉장히 괴로워했대. 그것도 이미 오빠가 세상을 뜬 뒤에 알게 된 사실이지만."

"선생님도 그때 여기 살았어요?"

"아니, 나는 세상 여기저기를 떠돌아다녔어. 아르바이트를 해서 돈이 생기면 늘 외국에 갔지. 난 그때 여기서 무슨 일이 있었는지 잘 몰라. 구제역이 한참 돌 때 오빠가 실종되었다는 것밖에는. 그 뒤에 집에서도 병원에서도 고통스러워하는 오빠의 일기가 너무 많이 발견돼서 경찰에선 자살로 추정했고 사건은 종결됐어. 엄마 역시 오빠가 그렇게 된 뒤에 몇 년 안 돼서 세상을 떠나셨고."

한참 정적이 흐른 뒤 가까스로 진호가 입을 열었다.

"죄송해요. 그런 일이 있었는지는 몰랐어요."

"죄송합니다."

"따지듯 말해서 죄송해요."

"너희들이 나한테 죄송할 게 뭐가 있어? 사실 나도 목현고 졸업생이야. 별로 기억하고 싶지 않은 학교생활이지만. 어쨌든 이게 내가 말해 줄 수 있는 전부인 것 같다."

셋은 다 마셔 버린 커피 잔만 하릴없이 홀짝거리다가 쭈뼛쭈뼛 집을 나왔다. 이렇게까지 어두운 이야기를 들을 줄 몰랐던 것이다.

이진호는 아이들이 나간 다음 벽에 기대어 한참 눈을 감았다. 말을 해 버려서 시원한 한편, 더 답답한 것 같기도 했다. 식구들의 죽음을 이렇게 덤덤하게 말해 본 건 처음이었다. 동네 사람들이나 친척들은 차마 자신에게 묻지 못했고 모르는 사람들에게는 말할 필요가 없는 일이었으니까.

언제나 밝은 태양 속에서 살 줄 알았던 오빠가 세상을 등진 것도, 오빠가 사라진 뒤에 당연한 이치란 듯이 뒤따라 세상을 떠난 엄마도 다 감당할 수 없었다. 원래도 혼자 지냈지만 진짜로 혼자가 되는 것과는 달랐다. 진작 했어야 하는 질문을 건넬 존재가 지금은 어디에도 없었다. 이진호는 다시 굳이 목현으로 온 이유를, 수영장에 자꾸 가서 앉아 있는 이유를 어렴풋이 알게 된 것 같았다.

14

"나 저 이야기 조금 알아."

더 답답해져 버린 마음으로 말없이 버스 정류장으로 향할 때 영리가 입을 열었다.

"우리 엄마가 술만 마시면 했던 얘기거든. 병이 돌아서 농장 망하고 농장주 죽은 것도 다 천벌받은 거라고."

영리가 한숨을 한 번 쉬더니 주머니에서 키링을 꺼냈다.

"사실 나 그 당직 기사 할아버지 사고 난 다음 날, 수영장 근처에서 이걸 주웠어."

"아기 돼지네?"

"어? 그거 현상구 거 아냐?"

진호가 아는 척을 했다.

"현상구? 그 자식이 이런 귀여운 걸 갖고 다닌다고?"

"진호 너 아는구나. 맞아, 현상구가 초등학교 때부터 맨날 갖고 다니던 거야. 근데 그 사고 난 풀숲에 이게 떨어져 있더라고."

"뭐? 너 그 중요한 이야기를 왜 지금 해? 사고 난 다음 날이면 현상구가 사고랑 연관되었을 가능성이 더 커진단 이야기잖아."

"그냥 지나가다가 떨어뜨렸을 수도 있는 거니까. 더 알아봐야 한다고 생각했어. 근데 점점 더 돼지 농장과 관련된 사람들이 나타나니까 진짜 의심돼."

"난 이렇게 귀여운 걸 현상구가 갖고 다녔다는 것도 소름 끼친다. 웬 아기 돼지? 돼지 농장 손주여서?"

기현이 의심 섞인 눈으로 키링을 들여다보며 말했다.

"현상구가 어릴 때 아기 돼지를 키운 적이 있어. 나도 본 적이 있고. 근데 얼마 못 키우고 죽었나 봐. 그 새끼가 나한테 맨날 바이러스라고 하는 게 그래서야. 그 돼지를 내가 만져서 죽었다는 거지."

"너도 참 현상구랑 역사가 유구하구나."

기현이 영리의 말을 듣고 고개를 절레절레 저었다.

"사고당한 당직 기사님은 현웅농장에서 일했다고 했어. 그리고 체육 선생님 오빠인 이명호 수의사님도 농장의 돼지들을 죽이…… 아니 살처분하다가 실종이 됐다고 했고. 영리 아버지도 농장에서 뭔가 안 좋은 일이 있으셨던 것 같고. 아무래도 그 병, 구제역을 알아봐야 하지 않을까? 현웅농장에 대해서도 말이야."

진호가 차분하게 이야기했다.

"내가 우리 엄마, 아빠한테 구제역 때 이야기를 다시 한번 물어볼게. 대답을 해 줄지는 모르겠지만."

"난 그때 신문 기사랑 지역 뉴스 같은 걸 좀 찾아봐야겠다. 이명호 실종에 대한 게 있을지도 모르니까."

임진호의 자료 조사 2

구제역 (출처: 농림축산검역본부)
정의: 소, 돼지, 양, 염소 및 사슴 등 발굽이 둘로 갈라진 동물(우제류)에 감염되는 질병으로 전염성이 매우 강하다. 심하게 앓거나 어린 개체의 경우 폐사되기도 한다. 세계동물보건기구(OIE)에서 지정한 중요 가축 전염병으로 국내 가축전염병예방법 제1종 가축전염병에 속한다.

증상: 돼지는 감염될 경우 다리를 절거나 기립하지 못한다. 움직임이 현저히 줄어들고 사료 섭취 또한 부진하다. 콧등, 혀, 유두, 발굽과 피부가 접하는 부위 등에 물집이 생기기도 하며, 물집이 터져 피부가 벗겨진 자리에 세균에 의한 2차 감염이 일어나고 이로 인해 발굽이 탈락되기도 한다. 모돈이 감염될 시 포유 중인 자돈의 집단 폐사가 종종 나타난다. 전염성이 매우 강하나 사람에게는 전염되지 않으며, 성체의 경우 특별한 치료 없이 시간이 지나면 나아진다.

발병 사례: 2000년대 초반부터 대한민국에 간간이 발생했다. 살처분 후에는 구제역 청정국 지위 회복을 반복했다. 2010~2011년 사이 전국적으로 발병했다. 그 기간 동안 350만 마리 이상을 살처분했으며 관련 비용으로만 3조 원 이상 소요됐다.

살처분 사례: 구제역은 급성 바이러스로 공기를 통해서도 쉽게 전염된다. 발병 즉시 발생 농장 동물들을 24시간 이내에 파묻고, 주변 농장 동물들 또한 48시간 이내에 파묻어야 조기 종식이 가능하다. 2010~2011년 당시, 구제역 확산으로 청정국 지위를 잃게 될 수도 있었다. 이는 축산업에 큰 영향을 미치므로 신속하게 살처분을 시행했다.

"너무 자료가 많아서 일단 꼭 알아 둘 것 몇 개만 정리해 왔어. 이명호 수의사가 관련된 구제역은 2010~2011년 사이 전국적으로 퍼진 구제역 같아."

"난 이해가 안 가. 가만두면 낫는데 왜 죽여 없애는 거야? 350만 마리면 도대체 얼마야? 목현 인구 몇십 배잖아. 감기 걸렸다고 싹 다 죽여 버리는 거나 똑같잖아."

기현이 진호의 노트를 보고 황당해했다.

"여기 내가 써 놨는데, 살처분을 해야 구제역 청정국 지위를 회복하기가 쉬웠대. 그래야 축산물 수출을 할 수 있고."

"결국 돈 때문이라는 거네."

"이야기가 그렇게 되나."

셋은 한참 멍하게 생각에 잠겼다.

"영리 너는 부모님한테 물어봤어? 우리 중에 너희 가족이 알고 있는 정보가 제일 많을 텐데. 그 당직 기사랑 체육 선생님 오빠를 둘 다 봤을 수도 있으니까."

기현이 침묵을 깨고 영리에게 물었다.

"엄마는 얘기 안 해. 그때 얘길 뭐 좋은 일이라고 물어보냐고. 행여나 아빠한테 말도 꺼내지 말래."

"나도 기사 찾아보면서 잠을 못 잤어. 너무 끔찍해서. 너희

어머니가 말하기 싫어하는 것도 이해할 만해. 이것 좀 봐."

기현은 아이들에게 인터넷 기사를 보여 줬다.

구제역 트라우마로 잠 못 이루는 공무원 K씨

구제역 발생 농가 근처에서 생활하는 소와 돼지들은 이동이 제한되었고 동시에 살처분 대상이 되었다. 비단 감염된 돼지뿐만이 아니었다. 모돈에게서 포유 중인 새끼들, 그리고 이제 갓 태어난 새끼들 또한 살처분될 운명에서 벗어날 수 없었다. 대량 학살에 버금가는 살처분을 시행해야만 했던 공무원들은 극심한 트라우마에 내내 시달려야만 했다. 당시 현장에서 근무한 공무원들은 십여 년 가까이 지난 지금까지도 동물들의 울음소리에서 벗어나기가 어렵다고 호소했다.

비윤리적인 살생이 이어지던 현장, 결국 구제역이 전국적으로 확산된 2010~2011년경에는 안락사가 시행되었다. 그러나 안락사는 아비규환의 현장 속에서 제대로 시행되지 못했다. 주사로 온전히 눈감는 동물들은 몇 되지 않았을 뿐 아니라 영하의 날씨에 약물은 얼어 버리기 일쑤였다. 동물들은 포클레인에 떠밀려 산 채로 구덩이 속에 내던져질 수밖에 없었다.

2019년 O월 O일 《※※신문》

"이런 기사가 책 한 권급으로 많아. 사진이고 영상이고 너무 많은데 볼 엄두가 안 나더라. 그때 살처분을 하다가 다친 사람도 엄청 많고, 자살한 사람도 있나 봐. 트라우마 때문에 나중까지 고생한 사람도 많고. 그런데 이명호 수의사 기사는 아무리 찾아도 없었어."

구제역은 생각보다 끔찍한 사건이었다. 하지만 지금까지 찾아본 자료로는 특별히 수영장과 관련된 것을 알기는 어려웠다. 구제역이 돌 때 목현읍에서 무슨 일이 있었는지, 이명호 수의사는 정말 자살한 게 맞는지, 수영장은 왜 폐쇄가 된 건지 보다 구체적인 정보가 필요했다.

15

수업이 끝나자마자 영리는 학교를 나와 버스 정류장으로 뛰다시피 걸어갔다. 당직 기사 김 씨가 입원한 병원에 가기 위해서였다. 그 사람이 현웅농장에서 일을 했다면 아마 아빠나 이명호 씨와도 안면이 있을 것이다. 이명호 씨 일도 궁금했지만 영리가 더 궁금한 것은 아빠의 이야기였다. 무슨 영문인지 그때 이야기만 꺼내면 입을 꾹 다물고 전화를 끊어 버리는 아빠. 돈 벌어서 영리와 엄마가 카자흐스탄에 올 수 있게 하겠다는 말만 앵무새같이 하는 아빠.

그럴 때마다 엄마는 지금 영리가 지내기엔 한국이 더 낫다고 아빠를 설득했지만 영리 생각은 달랐다. 러시아어나

카자흐어를 할 줄 몰라도 영리는 아빠의 고국에 가는 게 그다지 싫지 않았다. 냄새나는 축사와 뭘 만드는지 알 수 없는 창고만 그득한 목현읍 밖으로 한 번도 나가 본 적 없는 영리는 언제나 떠나고 싶었다. 체육 선생님의 과거사를 들으면서도 영리는 체육 선생님이 부럽다는 엉뚱한 생각을 했다. 무슨 이유에서든 언제고 멀리 떠나 버릴 수 있다는 것이 대단하게 느껴졌다. 그런 이야기에는 늘 마음이 갔다.

버스 맨 뒷좌석으로 가서 후드 티를 눌러쓰고 이어폰을 꽂으려는 순간이었다.

"목현병원 가죠?"

귀에 익은 목소리가 들렸다. 체육 선생님이다. 선생님은 버스에 타자마자 가장 앞자리에 앉아서 영리를 보지 못한 것 같았다.

'목현병원에는 왜 가는 거지? 혹시 김 씨 할아버지 만나러 가나?'

영리는 왠지 들키면 안 될 것 같아 병원으로 향하는 내내 몸을 더 깊숙이 숙였다. 일부러 체육 선생님이 내린 뒤에 한 정거장을 더 가서 병원까지 걸어갔다. 병원에 도착하니 이미 어둑어둑해졌다. 영리는 어떻게 해야겠단 생각도 없이 무조건 병원 중앙 현관으로 갔다.

현관 유리문으로 손을 막 뻗는 순간, 안에서 말끔한 양복 차림의 남자가 미간을 찌푸리며 문을 밀었다. 하마터면 넘어질 뻔한 영리는 가까스로 중심을 잡고 뒤로 물러났다.

"어, 미안해요. 학생."

남자는 예의 바르게 사과를 하고 영리가 들어갈 수 있도록 문을 잡아 주었다. 얼떨결에 고맙다는 인사를 하고 병원에 들어오면서도 영리는 어딘지 찜찜했다. 분명히 본 적 있는 사람이었다. 허연 얼굴에 내 천 자 미간. 살짝 비틀린 듯 올라간 입꼬리. 머릿속을 빙빙 도는 얼굴.

"네가 알리 씨 딸이지? 상구랑 친구 하면 되겠다. 저기 상구가 키우는 귀여운 돼지도 있으니 구경도 해 보고. 상구야, 친구한테 복실이 보여 줘."

아, 제 할 말만 하던 현상구 아빠⋯⋯. 현상구가 키운 복실이라는 이름까지 확실히 기억나자 기분이 나빠지기 시작했다. 그 이름을 들먹이며 현상구가 얼마나 괴롭혀 댔는지 떠올랐기 때문이다.

"계영리, 너희 나라로 가. 괜히 여기서 이상한 병 퍼뜨리지 말고."

현상구의 목소리까지 들리는 듯해 영리는 자기도 모르게 귀를 한 번 후볐다. 늘 태연한 척하고 세게 대꾸했지만 그렇다고 해서 속까지 괜찮은 건 아니었나 보다.

'현상구 아빠가 여기 왜 온 거지?'

사실 목현읍에 하나밖에 없는 종합 병원에 현상구 아빠가 오는 건 이상할 것 없는 일이기는 하다. 하지만 지금 영리에게는 모든 것이 수영장과 관계가 있어 보였다. 영리에게 가장 중요한 것은 수영장 사건의 비밀이었다. 현상구 아빠까지 마주치자 더더욱 현상구가 사건 현장에 있었다는 의심을 버리기 어려웠다.

"근데 그 할아버지 병실을 어떻게 찾지?"

대충 병원에만 오면 김 씨를 찾을 수 있을 줄 알았다. 하지만 목현병원은 생각보다 큰 곳이었다. 이런 곳에 오면 주눅부터 들어서 어디로 가야 할지, 뭐부터 물어봐야 할지 정신이 없었다. 이럴 줄 알았으면 큰소리치지 말고 구기현이나 임진호랑 같이 올걸. 임진호는 지금까지 온갖 곳을 뒤지며 자료 조사를 하느라 정신이 없고 구기현도 소설 쓰랴 앨범 구하랴 바빴기 때문에 당직 기사만큼은 혼자 만나 보고 싶었다. 뭔가 중요한 단서를 찾아내 애들한테 큰소리도 치고 싶었다. 그런데 정작 입원한 병실도 제대로 못 찾고 있으니 한심하기만 했다.

입원실은 3층부터 5층까지 있었다. 영리는 할 수 없이 입원실을 하나하나 기웃거려 보기로 했다. 그래도 생각하기에 1인실이나 2인실은 아닐 것 같아서 6인실이 있는 3층부터 살펴보기로 했다.

3층에 있는 병실을 다 들여다봤지만 김 씨는 없었다. 사람들이 쳐다보면 시치미를 떼며 나왔다. 한 층을 다 보고 나니 병실에서 나는 야릇한 냄새에 머리가 지끈거렸다. 막 4층에 올라가 두 번째 병실을 들여다볼 때쯤이었다. 복도에서 뭐라고 표현하기 힘든 이상한 소리가 들려왔다.

"히이이히히익. 퀙퀙. 나는……. 쿨럭쿨럭…… 몰라아아! 가아, 가아아아아!"

병실 사람들도 영문을 모르는 표정으로 수군댔다.

"얼른 가세요, 가! 이 양반 안 그래도 가뜩이나 몸이 안 좋은데. 아까도 양복 입은 사람이 와서 무슨 말을 했는지 난리도 아니었다고. 오늘 날이 궂나. 다들 왜 이래 진짜!"

앙칼진 목소리에 영리는 문밖으로 고개를 내밀었다. 이진호 선생님이었다. 피할 새도 없이 맞닥뜨린 영리는 뭐라 말을 해야 할지 몰라 잠시 멍하니 있었다. 놀란 듯한 선생님이 이내 침착하게 영리 손을 잡고 엘리베이터로 향했다. 영리는 아무 말 없이 있다가 겨우 입을 뗐다.

"쌤, 김 씨 할아버지 보러 온 거예요?"

"너도?"

영리는 고개를 끄덕였다.

"배고프다. 밥이나 먹으면서 이야기할까?"

식당으로 가는 길에도 식당에서도 둘 사이엔 한동안 적막만 흘렀다. 영리가 김치찌개를 몇 숟가락 뜨다가 말을 꺼냈다.

"구기현이 구제역 때 기사를 많이 찾아봤는데 이명호 수의사님에 대한 기사는 못 봤대요."

선생님은 한참 밥만 먹다가 입을 열었다. 김 씨가 입원실에 들어선 선생님을 보자마자 난리를 쳤다고 했다. 자신을한 번도 본 적이 없는데도 눈을 휘둥그레 뜨더니 알 수 없는 소리를 질러 댔다는 것이다.

"너희들이랑 비슷한 이유로 한번 그분을 만나 보고 싶었어. 당시에 농장에서 일했으니까 오빠에 대해서도 잘 알 것같아서. 너희들 덕분이다. 너희들 이야기를 듣고야 뭔가 이상하다는 생각이 들기 시작했거든. 나도 우리 엄마처럼 내탓만 하다가 다른 걸 못 살핀 것 같아."

"내 탓을 하다뇨?"

"엄마가 기사화되는 걸 원하지 않았대. 취재도 다 거절했고. 오빠가 그런 일을 겪고, 또 죽음을 결심한 게 수의학과

가는 걸 끝까지 반대 못 한 자기 탓이라고 생각했거든. 나는 오랫동안 가족들과 연을 끊고 지냈으니까 자격이 없다는 생각을 했었고."

"자격이요?"

"오빠 죽음에 대해서 알아볼 자격? 질문을 할 자격 같은 건가. 잘 모르겠다."

"음…… 저도 잘 모르지만, 저희 부모님도 그때 애길 해 주지 않는 거 보면 구제역을 겪은 사람들이 정말 괴롭고 고통스러웠나 봐요. 아직까지 말하기가 힘들 정도로요."

영리는 물을 한입 마시고 다시 말을 이었다.

"그리고 저 아까 병원에서 현상구 아빠를 봤어요. 어렸을 때 본 적이 있는데 분명 현상구 아빠 맞아요. 병실에서 그 할머니가 양복 입은 사람이 찾아왔다고 소리 지르던데 혹시 현상구 아빠가 아닐까 싶어요."

이진호 선생님은 골똘히 생각에 잠겼다.

"상구 아버지라면 현웅농장 아들이고. 뭔지는 몰라도 당직 기사님과 얽힌 일이 있을 수도 있겠지. 내가 여기저기 많이 알아보고 찾아보고 있으니 이 병원에 또 오지는 마. 영리, 너 혼자 올 곳은 아닌 것 같다."

어느덧 건물 밖은 어둠이 짙게 깔려 있었다.

그 시간, 상구는 병원 주차장 초입에 세워진 까만 승용차 안에서 아빠가 나오기를 기다리고 있었다. 그냥 두통이 좀 심했던 것뿐인데 굳이 종합 병원에 와서 오버라고 생각했지만 아빠는 원래 그런 사람이었다. 어려서부터 상구가 조금이라도 불편해하는 기색을 내비치면 어쩔 줄을 몰라 했다. 아빠는 잠깐 병원에서 누구를 좀 만나고 오겠다더니 영 소식이 없었다.

"그 영감 목현병원에 있는데 아직도 정신이 왔다 갔다 한다던데?"

맞다, 동휘가 지나가듯 한 말이 떠올랐다. 김 씨가 여기 목현병원에 입원해 있었다. 왜 까맣게 잊어버렸지? 내가 여길 오다니. 대체 아빠는 누구를 만나러 간 걸까? 설마 그 영감은 아니겠지. 쓸데없는 의심이 뭉게뭉게 피어올랐다. 아니다, 아빠는 그 사람을 아예 잊어버렸다. 한 번도 그 사람 이야기를 한 적이 없었다. 할아버지가 돌아가신 뒤로 농장도 김 씨도 아빠는 입에 올린 적이 없었다.

"오래 기다렸지? 생각보다 얘기가 좀 길어졌네. 얼른 가자."

상구의 생각을 지우려는 듯 아빠가 차에 탔다.

"누구 만나고 오신 거예요?"

"아, 회사 사람이 입원해 있어서 잠깐 얼굴 보고 왔어."

'그럼 그렇지.'

상구는 푹신한 의자에 머리를 기댔다. 차차 두통이 가라앉고 차는 미끄러지듯 병원을 빠져나갔다. 그런데 병원 출입로를 나서는 사람들 중 익숙한 얼굴이 보였다.

'계영리랑 체육이네. 도대체 여긴 뭐 하러 온 거야?'

다시 기분이 걷잡을 수 없이 곤두박질치기 시작했다.

"얼른 집에 가요."

현 사장은 룸 미러로 다시 상구를 쳐다봤다. 상구 역시 잔뜩 찌푸린 채 창밖만 보고 있었다.

16

다음 날 영리가 체육 선생님 만난 이야기를 전하자 진호도 군청이랑 경찰서, 보건소 같은 데 무작정 자료를 찾아보러 갔다가 선생님을 만난 적이 있다고 했다.

"선생님도 정말 많이 움직이고 있나 보네. 든든하다."

"그나저나 역시 돼지들이 복수를 하는 걸까?"

기현이 중얼거렸다.

"너는 소설은 좀 집에서나 써. 돼지들이 복수할 생각이었으면 우리나라에서 남을 사람 거의 없어. 돼지고기 먹는 사람들이 얼만데. 저기 보광사 스님들이나 남겠네."

"그때 발레리노 선생님이 그랬잖아. 수영장 얘기 들쑤셔

봤자 좋아할 사람 아무도 없다고. 난 그 말이 계속 마음에 걸려. 수영장이랑 구제역이 무슨 관계가 있는 거 아닐까? 분명히 이유가 있으니까 당시에 멀쩡하던 수영장이 없어진 거 아니겠어?"

기현의 말을 듣더니 진호가 가방에서 주섬주섬 뭔가를 꺼냈다.

"이거 한번 봐 볼래? 시청에서 구제역 백서라는 걸 만들었더라고. 여기에 지역별 농장별로 감염되고 살처분한 가축 수가 다 쓰여 있어."

진호가 내민 종이에는 당시 구제역에 대한 정보가 빼곡히 기록되어 있었다. 심지어는 농장주 이름이 현○○인 현웅농장도 적혀 있었다. 영리가 천천히 그 표를 읽기 시작했다.

"발생일 2011년 ○월 ○일, 축종 돼지, 농장주 현○○, 발생 원인……?"

한참 읽던 영리가 그 부분을 손가락으로 짚더니 말을 멈췄다.

"계영리 왜 그래?"

기현이 의아한 얼굴로 영리와 자료를 갈마봤다. 영리가 발생 원인 칸을 가리켰다.

"현웅농장 발생 원인에 외국인 노동자라고 적혀 있네."

기현이 작은 목소리로 말했다.

진호가 큰 실수를 한 것 같은 얼굴로 영리를 쳐다보다 조심스럽게 입을 열었다.

"너희 아버지가 본국으로 돌아간 게 이 때문이라고 생각하는 거지?"

영리가 고개를 끄덕였다.

"이제 확실히 알겠다. 현상구 새끼가 왜 나보고 맨날 바이러스라고 했는지. 내가 우리 아빠처럼 농장에 전염시켰다고 생각했나 보지. 근데 우리 아빠도 나처럼 목현읍 밖으로 나간 적이 없을 텐데."

"그게 맞을 거야. 여기 보면 다른 곳 발병 원인은 농장주 여행이라고 되어 있거든. 그냥 너희 아버지한테 뒤집어씌웠나 봐."

"우리 엄마가 맨날 한 넋두리가 이거구나."

"미안하다. 영리야. 내가 자료 다른 부분에 신경 쓰다가 그걸 못 봤어."

"진호 네가 뭐가 미안해? 네가 뒤집어씌운 것도 아닌데. 너 하려고 했던 말이나 계속해. 여기서 뭘 찾아낸 거지?"

"응, 여기 봐 봐. 2011년 현웅농장 구제역 발생 돼지 두수가 백 마리가 채 안 돼. 그리고 2010년에는 아예 자료가 없거든? 다른 농장보다 훨씬 큰 현웅농장이 말이야."

"맞네. 딴 농장하고 비교해 보면 말이 안 되는 숫자긴 하다. 다른 농장들은 2010, 2011년에 다 난리가 났어."

기현이 자료를 뒤적이며 말했다.

"흠…… 그러고 보니 이상하네. 우리 아빠가 한국을 떠난 게 2011년 봄이야. 분명 2010년에 문제가 생겨서 간 걸로 아는데?"

"그렇다면 정말 이상한 거지. 그때 죽은 돼지들이 간 곳이 없잖아."

"농장 안에 묻은 거 아닐까?"

기현이 진호의 말에 재빠르게 답했다.

"현웅농장 안에는 그 정도로 넓은 땅이 없었을걸. 내 기억에는 그래. 우리 엄마가 그 많던 짐승이 사람 하나 때문에 죽냐고 그랬던 것 같거든. 그만큼을 묻을 공터는 없었을 거야."

영리가 대답했다.

"현웅농장이 있던 자리는 영리네 동네랑 우리 학교 중간에 있지. 학교랑 농장 사이는 산으로 막혀 있고. 농장 근처에 공터도 없어. 도대체 어디다 매몰한 걸까?"

"멀리 떨어진 곳에 묻었을 수도 있잖아."

"병에 걸린 많은 돼지들을 멀리까지 운반한다고? 그렇게

하기는 어려웠을걸. 구제역 걸린 동물들은 이동이 되게 까다로웠으니까. 그리고 내가 찾은 자료를 보면 가축 매몰지 사후 관리 지침이 있거든. 매몰을 할 때 석회를 뿌리고 비닐과 흙으로 덮어야 해. 그 후에 가스가 나오고 악취가 나지 않게 관도 설치해야 하고. 복잡한 게 많아. 땅도 몇 년 동안 사용하면 안 되고 말이야."

진호가 차분히 반박을 했다.

"이상하긴 하다. 내가 자전거로 학교 근처 웬만한 곳은 다 가 봤는데 이런 시설이 있는 매몰지는 한 번도 못 봤어."

기현이 흥분했다.

"10년도 넘었잖아. 안 보이는 거겠지. 그리고 근처에 매몰지가 있는 걸 사람들이 알면 찝찝하니까 묻어 놓고 숨겼을 수도 있고."

영리가 대꾸했다.

"아! 그거라면 여기 또 자료가 있어."

진호가 노트에 스크랩한 기사 하나를 보여 줬다.

임진호의 자료 조사 3

국민들이 발 벗고 나서 만든 '전국 구제역 매몰지 협업 지도'

정부가 해당 지역의 땅값과 주민들의 개인 정보 노출을 우려하며 구제역 매몰지 정보를 공개하기를 꺼리자 국민들이 직접 나섰다. 이 지도는 구제역 매몰지에 대해 아는 사람들이 서로서로 정보를 기록하여 만들어지는 오픈형 지도다. 지도에서는 매몰지 위치와 함께 매몰 가축의 종류와 수까지 구체적으로 확인할 수 있다. 누리꾼들은 매몰에 대한 정보를 쉬쉬하는 것이 오히려 농축산가의 불안을 불러일으킨다고 주장했다. 이에 일부 농민들은 '전국 구제역 매몰지 협업 지도'의 확산을 기대하며 정부 측에 적극적으로 정보를 공개해 줄 것을 요구하고 있다.

2011년 O월 O일 《**신문》

진호가 기사와 당시 매몰지 지도를 내밀었다.

"이 지도에도 현웅농장이 있는 현산리는 없어."

그랬다. 지도에는 분명히 현산리가 빠져 있었다. 바로 옆 동네까지도 매몰지 자리가 표시되어 있는데 정작 가장 큰 현웅농장이 있던 현산리는 쑥 빠져 있었다.

"현상구네 농장에서 죽은 돼지들을 묻은 곳이 현산리엔 없다는 거지. 분명히 죽은 돼지가 있는데 말이야."

"근데 이게 왜 중요하다는 거야? 수영장하고는 무슨 상관이고?"

영리가 얼른 물었다.

"그때 배봉수 선생님이 말했잖아. 야외 수영장에 뭐가 흘러들지 어떻게 아냐고 아주 비위생적인 거 아니냐고 했잖아. 난 그 말을 똑똑히 기억하거든."

"그 말은 나도 기억나. 그럼 진호 너는 우리 학교 수영장 밑에 돼지를 묻었다고 생각하는 거야?"

"말이 되냐? 수영장은 구제역 훨씬 전에 지어졌다고. 있는 수영장을 깨부수고 돼지를 묻었겠어? 생각을 좀 해. 계영리."

기현이 이죽거렸다.

"조용히 해, 구기현. 그럼 수영장하고 무슨 연관이 있다는 거야. 수영장 앞은 체육관이고 뒤는 산인데."

"이 일을 잘 알 법한 사람이 두 사람인데 한 명이 그 당직 기사 할아버지고. 나머지 한 명은……."

진호가 둘의 눈치를 보며 말했다.

"영리 아버지겠구나."

"말했잖아. 우리 아빠 그때 일 말 안 한다니까. 아까 그 백서도 봤잖아. 우리 아빠 누명을 뒤집어쓰고 쫓겨난 거나 다름없는데 말을 하고 싶겠냐고."

영리가 한숨을 푹 쉬었다.

셋은 아무 말 없이 진호의 노트만 바라보았다.

17

"자네가 명호 동생이라고?"

카페에 들어서서 구석에 앉아 있는 이진호를 본 순간 배봉수는 심장이 몸 밖으로 튀어나오는 줄 알았다. 이명호가 살아서 돌아온 것 같았기 때문이다. 쾌활한 웃음을 머금고 있던 명호. 꼴 보기 싫은 수영부의 에이스이지만 늘 싹싹하고 명랑해서 미워할 수도 없었던 명호. 뭔가를 따지고 항의할 때는 뒤통수가 서늘할 정도로 어른스럽던 명호.

"네. 선생님 후임으로 온 이진호라고 합니다. 1년짜리 기간제이지만요."

"허 참, 살다 보니 별일이 다 있구먼."

"저희 오빠 담임 선생님이셨죠? 저도 목현고 다닐 때 선생님 수업 들은 적이 있어요."

"흠⋯⋯ 여기 목현읍 사람 절반은 나한테 수업을 들었지. 그건 그렇고 근무한 지도 한참 지났는데 나를 보자고 한 이유가 뭔가?"

"얼마 전에 선생님 댁에 애들 몇 명이 찾아갔었죠?"

"애들이? 아, 그랬지. 갑자기 무슨 숙제를 한다고 찾아와서 쓸데없는 걸 물어보더구먼."

"수영장 얘기를 물어봤겠지요."

"그래 그랬네만. 그게 자네랑 무슨 상관인가?"

"오빠를 보러 몇 번 수영장에 갔었어요. 엄마 심부름으로 전해 줄 게 많았거든요. 오빠랑 같은 학교에 다니는데도 이상하게 수영장은 제가 가서는 안 될 곳 같더라고요. 꼭 허락받은 사람들, 우리 오빠 같은 사람들만 가는 곳 같고. 그땐 수영장이 참 멋있다고 생각했어요. 평화롭고."

이명호 동생이 이런 얘기를 왜 하고 있는지 배봉수는 도무지 알 수가 없었다. 그랬다. 수영장이 한참 좋았던 시절이 있었다. 동네가 평화롭고 아이들은 수영장에서 물살을 가르고 무용실에서는 발레 구호가 흘러나오고.

"수영장이 폐쇄되고 수영부가 없어진 이유가 뭡니까?"

불쑥 이진호가 물었다.

"갑자기 무슨 뚱딴지같은 소린가?"

"오빠가 실종되고 2년이나 지난 후에 멀쩡하던 수영장이 폐쇄됐더라고요. 제법 성적이 좋던 수영부도 흔적도 없이 사라졌고요. 선생님은 당시 학교에서 체육 부서를 담당하셨으니 아실 것 같아서요."

"그걸 도대체 왜 묻나? 다 지나간 일을."

"수영장에서 자꾸 사고가 난다는 소문이 있어요. 이번에도 새 학기 시작되자마자 당직 기사님이 쓰러지셨고. 수영부였던 저희 오빠도 이 동네에서 자살을 했죠."

거침없는 이진호의 말에 손이 떨려 왔다.

"아무리 오빠라고는 해도 고인인데 너무 말을 함부로 하는 거 아닌가."

"왜요? 모두가 자살이라고 생각하고 있어서 그렇게 말한 건데요. 선생님은 혹시 아니라고 생각하세요?"

배봉수는 마른침을 삼키며 급하게 물을 마셨다. 이진호는 배봉수의 얼굴에 떠오른 당혹감을 놓치지 않았다.

"오빠가 정확히 어떤 일을 했는지 저는 아직도 잘 몰라요. 당시 이 지역에서 번지기 시작한 구제역 방역 작업에 수의사로 참여했다는 것, 그 일을 하며 괴로워하다가 실종됐다는 것밖에요. 시신도 찾지 못했고 더 밝혀진 사실도 없어요."

배봉수가 물컵을 내려놓고 입가를 훔쳤다.

"아까도 말했지만 이 동네에 목현고 졸업 안 한 사람이 없어. 자네 오빠가 그렇게 된 것도 졸업하고 한참 지난 다음 아닌가? 젊은 나이에 아깝게 그리되었다는 소식만 들었지 나도 아무것도 몰라. 도대체 명호와 우리 학교 수영장이 무슨 상관이 있다는 겐가. 그리고 만에 하나 상관이 있다 한들 학교도 그만둔 나를 찾아오는 이유가 뭔가. 난 그냥 고등학교 선생 하다가 퇴임한 늙은이일 뿐이야."

사실 진호도 마찬가지였다. 모든 것은 다 과거 저편에, 이곳 목현에 묻어 버리고 싶었다. 죽음이 죽음이지. 뭐가 더 있겠어. 산 사람은 사는 거고. 죽은 사람은 죽은 거고. 아무리 오빠가 괴로워했어도 이제는 끝난 것이다. 마음 한구석에는 오빠가 정말 어딘가 자유롭고 행복한 곳으로 떠나 버린 건 아닐까 하는 생각도 있었다. 떠났든 죽었든 진호는 오빠가 무책임하다고 생각했다. 엄마도 오빠도 자신에게 너무했다는 생각밖에 없었다.

그런데 이곳에 온 뒤로 그 마음이 조금씩 달라졌다. 세 아이를 보면 예전의 자신이 떠올랐다. 한 번도 교사라는 직업에 대해 진지하게 생각해 본 적이 없었지만 진호나 기현이

나 영리를 보면 마음이 찌르르했다. 그들이 어른이 되었을 때 나보다는 나았으면, 나처럼 살지 않았으면 하는 생각이 절로 들었다. 내가 겪은, 겪지 않았으면 좋았을, 그 모멸감의 시간들을 그들은 느끼지 않기를 바랐다. 세상이 더 좋아지지 않았나? 그런데도 그 애들은 자신이 겪었던 일들을 비슷하게 겪고 있었다. 이진호는 배봉수를 물끄러미 바라보았다.

"책임감 때문에요. 그래서 왔습니다."

무슨 소리냐고 되물을 게 뻔하다고 생각했는데 이상하게 배봉수는 말이 없었다. 그는 다시 한번 앞에 놓인 물을 벌컥벌컥 마셨다.

"책임감…… 책임감이라. 내가 명호 죽음에 책임이라도 있다는 이야긴가."

"어쩌면요. 저도 그렇고요. 선생님, 수영장은 물이 오염돼서 폐쇄된 거죠? 폐쇄되기 전에 수영부 애들이 피부병이나 알레르기를 많이 앓았다고 들었어요."

배봉수의 힘없는 대답에 개의치 않고 이진호가 되물었다.

"애초에 학교에 야외 수영장이 가당키나 한 말인가. 제대로 관리할 사람도 없는 학교에 지하수를 끌어다 쓰는 그 수영장이 말일세. 물을 제대로 갈기를 했겠나. 정화가 제대로 되겠나. 낙엽 떨어져, 흙먼지 들어가. 오다가다 애들이 뭘 집어넣을지 어떻게 알고. 언제고 폐쇄될 수영장이었지."

쓸데없이 대답이 길어져 자꾸 목이 탔다. 이진호의 쏘아보는 눈동자에서 이명호의 목소리가 들리는 것 같았다.

"선생님도 알고 계셨던 거죠? 알면서도 묵인했던 겁니까?"

이명호와 목소리까지 비슷한 이진호를 더는 바라보기가 어려워 배봉수는 고개를 돌렸다.

"저는 이명호 사건에 대해 계속 조사해 볼 생각이에요. 아무래도 자살이 아닌 것 같아서요. 다시 찾아오겠습니다. 그때까지 꼭 기억을 떠올리시길 바랄게요."

18

중간고사가 끝났다. 중간고사가 끝나자마자 체육 대회도 했지만 셋은 아무 관심이 없었다. 머릿속에는 오직 구제역과 현웅농장, 수영장뿐이었다. 태어나서 이만큼 열을 올려 집중해 본 일이 있었던가.

"현상구가 키웠던 복실이가 죽은 것도 구제역 때문일까? 영리 너는 기억나는 거 없어?"

"복실이가 죽은 건 목현읍에 구제역이 돌기 전이야. 혹시 모르지. 이미 발병을 했는데 덮고 지나간 건지는."

이제는 점심을 먹고 나면 셋이 자연스럽게 모여서 의논했다. 각자 자료를 살펴보고 기존 정보들을 퍼즐처럼 맞추면서 얘기를 하다 보면 이상한 보람이 있었다.

"혹시 이런 맛에 공부도 하는 거 아냐?"

기현이 말하자 영리가 깔깔 웃었다.

"여기 내가 구제역에 대해 조사한 논문이…….."

진호가 가방에서 또다시 두툼한 종이 뭉치를 꺼낼 때였다.

"뭔 조사를 해? 내가 그냥 가만 있으라고 했지. 니들 자꾸 나댈래?"

현상구였다. 강동휘도 합세했다.

"너희들 모여서 다니는 게 재밌어 보이긴 하는데, 그냥 재밌게 놀기만 해. 헤집지 말고. 너희들 뭐 하는지 다 내가 모니터 하고 있으니까."

또 시작이었다. 기현이 밖으로 나가자는 눈짓을 했다. 진호가 종이 뭉치를 다시 가방에 넣는데 영리가 갑자기 벌떡 일어섰다. 기현이 불안한 듯 영리를 쳐다봤다.

"야, 현상구. 복실이 기억나냐? 너 어릴 때 엄청 좋아했던 그 새끼 돼지 말이야."

앞뒤 자르고 훅 들어온 영리의 말에 현상구는 눈만 끔벅였다.

"뭔 소리야? 상구야, 개영리가 뭐라는 거냐?"

"왜 상구 너 어릴 때 나한테 소개도 시켜 줬었잖아. 엄청 귀여운 복실이 잊었어? 너 개 죽은 다음부터 돼지 키링도 늘 갖고 다녔잖아. 근데 그거 어디 있어?"

현상구는 여전히 멍한 얼굴이었다.

"야, 지금 쟤가 뭔 소리 하냐고."

강동휘가 어깨를 툭 치자 현상구가 그제야 정신을 차린 듯 소리를 질렀다.

"미쳤냐? 갑자기 복실이는 뭐고 키링은 뭔 키링이야. 어디서 친한 척을 하고 있어. 재수 없게."

영리는 현상구의 거친 대꾸에도 아랑곳하지 않고 말을 이었다.

"내 질문에 먼저 대답해 봐. 지난번 사고 난 당직 기사 할 아버지 알던 사람이지? 너희 농장에서 일했다던데? 목현병원에도 그래서 문병 간 거 아냐? 지난번 병원에서 너희 아빠 봤거든."

강동휘의 눈빛이 눈에 띄게 흔들렸다.

"너 스토커냐? 두통 때문에 병원 간 거야. 이제 내 미행까지 하냐?"

영리가 그런 상구를 보며 픽 웃었다.

"아니면 말고. 근데 되게 흥분하네. 너는 늘 좀 과하긴 하지만 말이야. 어서 그 키링 찾아라. 학기 초부터 안 보이던데. 수영장 사고 난 다음부터인 것 같기도 하고."

"뭔 헛소리야. 조용히 해라."

영리는 휙 뒤돌아서 교실을 나가 버렸다. 기현이 진호에게 손짓을 하며 서둘러 따라 나갔다.

"야, 계영리. 그렇게 치고 나갈 거면 미리 말 좀 해 주지. 엄청 식겁했잖아."

영리가 쿡쿡 웃었다.

"그냥 이 정도는 한번 떠보고 싶었어."

"잘했어. 반응이 예사롭진 않더라. 강동휘도 눈빛이 막 흔들리던데."

기현이 만족스럽게 웃었다.

#3 수영장의 원혼

수영장에서는 계속 알 수 없는 소리가 들려오고 있었다. 쓰러진 사람은 기운에게 늘 친절했던 당직 기사 할아버지였다. 할아버지가 가슴을 쥐어뜯으며 힘들어했다.

"할아버지, 할아버지. 정신 좀 차려 보세요."

하지만 할아버지는 끝내 고개를 떨구고 정신을 놓았다. 힘겹게 쥐고 있던 손전등이 바닥에 툭 떨어졌다. 마지막까지도 손가락을

134

들어 애써 어딘가를 가리키는 모습에 기운은 고개를 돌렸다.

소리가 다시 커지기 시작했다. 손가락이 향하고 있는 풀숲 저편 수영장 안쪽에서 기이한 소리가 들려왔다. 기운이 서둘러 119에 전화를 했다.

하지만 무슨 영문인지 신호는 가지 않고 계속 이상한 소리만 전화기에 들려왔다.

"나를…… 꾸우에엑…… 나, 나…… 으으윽. 나를……."

전화를 포기하고 곧장 할아버지를 들쳐 업었다. 마르고 힘없는 할아버지여도 온몸에 힘이 다 빠진 사람을 업는 건 쉬운 일이 아니다. 평소 운동을 열심히 한 기운에게나 가능한 일이었다.

기운이 일어서는 순간, 기다렸다는 듯이 번개가 번쩍였다. 뒤이어 귀청이 찢어질 듯한 굉음이 울렸다.

그리고 기운은 그 섬광 속에서 보았다. 수영장 한가운데 서 있는 그것을…….

"돼지다."

기운이 중얼거렸다. 수영장 위로 우뚝 솟아 있는, 믿을 수 없을 만큼 커다란 덩치를 지닌 그것의 정체는 돼지, 돼지였다.

기현은 신들린 듯 자판을 두들겼다. 영리가 현상구에게 을러대는 것을 보니 간만에 영감이 떠올랐다. 2화를 언제 올렸는지 까마득했다. 이 일을 뭣 때문에 시작했는지 잊어버릴 정도로 그동안 이것저것 찾아내느라 정신이 없었다.

3화를 업로드 하고 4화도 막 업로드 하려는 참이었다. 방금 올린 3화에 댓글이 달렸다는 알림이 울렸다. 애들에게 큰 소리를 쳤지만 누가 읽고 있다는 확신도 없었던 소설에 첫 댓글이 달린 것이다. 기현은 업로드를 미루고 재빨리 3화 댓글창을 켰다.

19

강냉이 현실이랑 대충 비슷하긴 하네?

강냉이 상상력이 쫌 유치하지만 말이야.

강냉이 구라를 치려면 쫌 그럴듯하게 쳐야지. 이게 뭐냐.

강냉이 돼지한테 혼난 건 얼추 맞아. 내가 똑똑히 봄. 비는 오지 돼지 귀신은 앞에 서 있지. 영감탱이가 추락할 만하지.

강냉이 근데 너 여기까지만 하는 게 좋을 거다. 더 나대면 너도 구겨진다.ㅋㅋ

'이게…… 뭐야?'

기현은 거듭해서 댓글을 읽어 보았다. 작성자는 별다른

활동이 없는 계정이었다.

'이 자식 뭐지?'

부러 자신의 게시물을 검색해서 들어온 것 같은 느낌이 들었다. 헛소리라고 생각하기에는 이상하게 꺼림칙했다.

다음 날 기현은 둘에게 소설과 댓글을 보여 줬다.

"이런 건 좀 지우면 안 되냐? 운동을 해서 업을 수 있다느니. 엄청 별로거든."

"지금 그게 중요한 게 아니잖아. 댓글을 보라니까."

"작가에 빙의했네. 지가 그 자리에라도 있었던 것처럼 댓글로 소설 쓰고 북 치고 장구 치고 결말내는 애들 많지 않아?"

영리가 또다시 반박했다. 진호가 골똘히 댓글을 읽었다.

"얘들아, 댓글 앞 글자를 세로로 읽어 봐."

"현, 상, 구?"

영리가 앞 글자를 읽더니 픕 웃었다.

"마지막 댓글에 기현이 네 별명도 있어. 구겨진다는 말."

진호가 덧붙였다.

"뭐야, 유치하게. 누가 이런 짓을 한 거지?"

기현이 어이없어했다.

"자기가 똑똑히 봤다잖아. 아무래도 목격자인가 봐."

진호가 심각한 표정으로 말했다.

"그럼, 시험해 보면 되지."

영리가 입꼬리를 한쪽만 올리며 웃었다.

"야. 그렇게 웃지 마. 너 그렇게 웃을 때 보면 광기가 느껴져서 무서워."

기현이 팔꿈치를 쓸어내리며 부르르 떨었다.

"근데 뭘 시험해 본다는 거야?"

진호가 물었다.

"똑똑히 봤는데도 학교에 알리지 않았다는 건 단순한 목격자가 아니라는 얘기 아냐? 그 밤중에 수영장 근처에 우연히 올 이유도 없고 말이야. 분명 나서기가 어렵다는 거지. 그럼 누구겠냐? 일종의 공범이면서 현상구랑 친한 애."

"강동휘?"

진호와 기현이 동시에 말했다.

"강동휘는 현상구만큼 아니, 현상구보다 더 얍삽하고 비열해. 뭔지 몰라도 들킬 것 같으니까 빠져나오려는 거야."

"그러고 보니 유치원 때 강동휘 별명이 강냉이였던 것 같아."

"그래? 더 확실하네. 나는 현상구한테 그 댓글 이야기를 해 볼게. 강동휘는 진호 네가 맡아. 둘 사이를 확실하게 갈라 놓고 흔들어 보자."

진호가 고개를 끄덕였다.

"강동휘, 나랑 얘기 좀 해."

한참 다른 애들과 휴대폰을 보며 낄낄거리던 강동휘에게 진호가 말을 걸었다. 강동휘는 순간 현실 감각이 사라진 듯한 기분이 들어 다른 애들에게 되물었다.

"야, 내가 잘못 들은 것 같은데 방금 임진호가 나한테 말 건 거?"

한참 휴대폰 게임을 하느라 정신없는 애들이 건성으로 거들었다.

"동휘야, 진호가 너랑 대화하고 싶다잖아. 얼른 가 줘라."

강동휘는 재밌다는 듯 진호를 쳐다보며 일어섰다.

"너 되게 중요한 얘기여야 할 거다. 나 지금 바쁜 거 보고 말한 거 맞지?"

"응, 오래 안 걸려. 그런데 다른 사람이 듣는 건 좀 그래."

강동휘가 더 재밌다는 듯 웃음을 지었다.

"그래? 혹시 성적인 고민 같은 거야? 가자. 이 형이 또 그런 상담은 잘해 줄 수 있지."

둘은 복도 끝 창가로 갔다.

"너 수영장에 CCTV 있다는 이야기 들었어?"

강동휘의 얼굴에서 웃음기가 싹 사라졌다.

"뭔 소리야? ……아니. 있건 말건 그 말을 왜 나한테 하는데?"

"내가 기현이 웹소설 때문에 수영장 사건 조사하고 있는 거 너도 알지? 알아보니 사고 난 게 한두 번이 아니었더라. 그래서 눈에 띄지 않는 뒤편 축대 쪽에 설치해 뒀나 봐."

"말이 되냐? 그럼 두 달이 넘도록 왜 범인을 안 잡아?"

진호는 마른침을 꿀꺽 삼켰다.

"학교에서 일 크게 안 만들려고 내부에서만 조사했는데 이제 경찰서로 넘긴다고 하더라고. 체육 선생님이 비 오는 날이라 CCTV 화면 식별이 좀 어렵긴 한데 금방 찾아낼 것 같다고 하셨어. 일단 범인이 한 명이 아니라고 했고."

강동휘 낯빛이 금세 하얘졌다.

"그니까 범인이 한 명이든 두 명이든 그 말을 나한테 왜 하냐고. 헛소리 말고 꺼져라."

강동휘가 진호를 어깨로 밀쳤다. 목소리가 부자연스럽게 떨렸다.

강동휘는 진호와 말을 끝내고 곧바로 현상구에게 갔다.

"임진호가? 넌 그 말을 믿냐? 진짜 쫄보 새끼네."

"어쨌든 혹시 일 터지면 난 그날 거기 없었던 거다. 어차피 없는 거나 다름없었으니까."

"뭐라고?"

"네가 나오라고 해서 나갔고. 풀숲에서 망본 거 말곤 아무것도 안 했잖아. 내가 가면을 썼어? 노인네 앞에 나타나길 했어?"

동휘가 다짐시키듯 말을 덧붙였다. 상구의 눈썹이 파르르 떨렸다.

"목소리 낮춰라. 동휘야. 넌 아직도 나를 모르네? 내가 학교에서 했던 일들 지금까지 걸린 적 있어? 난 내가 걸리고 싶은 일, 걸려도 되는 일까지만 걸려."

동휘가 상구의 말이 끝나기도 전에 픽 웃었다. 상구의 마음 깊은 곳에서 창피함이 섞인 분노가 올라왔다.

"그래 봤자 다 네 아빠 백 아니야. 너는 그렇게 말할 때 보면 꼭 우리 아빠 힘세다고 자랑하는 초딩 같더라. 네 아빠가 뭐 대통령이나 국정원장이라도 되냐? 어쨌든 네 능력 믿어 줄 테니까 걸리면 나는 빼 줘. 난 무사히 졸업해서 잘나가는 어른 될 거니까. 친구가 장난치는 거 망봐 주다가 걸렸다고 하면 존나 쪽팔리잖아. 알았지? 네 능력 믿는다."

동휘는 어깨에 걸쳐진 상구의 팔을 휙 잡아서 내려놓고는 교실로 들어가 버렸다. 상구는 그 뒷모습을 멍하니 바라보았다. 사실 이런 순간을 자주 예감했다. 동휘가 자신을 좋아하지 않는다는 걸, 그냥 필요해서 같이 다닌다는 걸 몰랐던 것도 아니었다. 아까 계영리가 했던 말이 생각났다.

"현상구, 너 웹피아에 올라온 기현이 소설 혹시 읽었어? 거기 누가 댓글을 달았거든. 근데 좀 이상해. 내 생각에는 네 친구가 단 것 같아."

상구는 휴대폰으로 구기현의 소설을 찾았다. 계영리의 말대로 댓글이 있었다. 그것도 여러 개. 어설퍼 보여도 똑똑히 자기 이름이 들어가 있었다. 분명 강동휘일 것이다.

"아빠 힘세다고 자랑하는 초딩 같더라."

동휘에게 자신이 그 정도였다는 것을 이렇게 확인하고 나니 처참했다. 이제껏 어렴풋이 알고 짐작했던 일을 직접 듣고 보는 것은 또 달랐다. 심지어 그 아빠는 김 씨한테 당할 때도 말대꾸 한 번 제대로 못했던 찌질이었는데.

"이게 다 그 새끼들 때문이야."

모든 것이 완벽하던 일상이 어처구니없는 놈들 때문에 자꾸 비틀어지고 있다.

'봐주는 데도 한계가 있어. 이제 안 참아.'

상구는 입술을 깨물었다.

"현상구랑 강동휘 갈라지기 시작한 것 같은데."

진호가 말하자 기현이 고소하다는 듯 맞장구를 쳤다.

"그러게, 껌딱지처럼 붙어 다니던 것들이 떨어져 다니더라. 강동휘 아까 다른 애들이랑 농구하고 있던데?"

"현상구도 평소에 거들떠도 안 보던 애들이랑 놀고 있더라고. 근데 웃긴 건 현상구 표정이 훨씬 안 좋아."

영리는 현상구의 상처받은 표정이 어처구니없었다. 아무 잘못도 없는데 억울하다는 얼굴이었기 때문이다.

20

다섯 살 이전의 기억은 대부분 지워진다고 한다. 그런데 상구의 기억 속엔 이상하리만치 또렷하게 남아 있는 장면들이 있다. 아빠 말에 의하면 상구가 처음 돼지 농장에 간 것은 분명 세 살 무렵이다. 어둡고 축축하고, 시끄러운 소리로 가득 찬 곳. 분노인지 기쁨인지 공포인지 모를 감정으로 울부짖는 소리. 무엇보다도 냄새, 그 지독한 냄새……. 퇴근하고 온 아빠한테서 나던 냄새와는 차원이 다른, 어지러워 쓰러질 것만 같은 도저히 형언할 수 없는 냄새. 그림책이나 만화에서 본 것과는 너무 다른 돼지들. 크고 무서운 데다 알 수 없는 표정을 내비치는 돼지들. 어린 상구의 눈에 돼지는 마치 괴물처럼 보였다.

친구들이 가족과 여기저기 놀러 간다는 주말에 상구는 꼬박꼬박 돈사에 가야 했다. 농장에 갈 때마다 울며불며 몸부림을 쳤다. 할아버지는 그런 상구에게 화를 냈고 아빠는 둘 사이에서 어쩔 줄 몰라 했다.

"니들 먹는 거 입는 거 학교 가는 거 다 여기서 나온다! 근데 무섭고 더럽다고 안 와! 아비라는 놈이 자식한테 밥벌이가 어떤 건지를 어릴 때부터 알려 줘야지. 유치원 안 가는 날엔 무조건 데리고 와!"

"꿰에에에게에에게. 쿠웩쿠웩. 꾸에엑!"

농장에서 보고 듣는 모든 것이 싫었지만 상구가 가장 싫어하는 것은 따로 있었다.

"상구 왔냐?"

눈알도, 코도, 입도, 손도, 어깨까지도 알 수 없는 기름기로 번들번들한 김 씨. 아빠나 할아버지가 보고 있을 때는 상구를 한없이 귀여워하는 척하면서도 슬그머니 눈을 부라리던 농장 일꾼.

"상구! 이리 와 봐. 돼지 새끼 낳는 거 보여 줄게. 상구!"

상구가 싫다고 발버둥 칠수록 그는 들큰한 술 냄새와 돼지 냄새가 섞인 웃음을 흘리며 상구를 꼭 안곤 했다.

"어이, 상구 아빠. 내일 돼지 잡는 날인데 올 거야? 명색이 돼지 농장 아들인데 멱은 한번 따 봐야지. 응?"

김 씨가 더 신이 나서 말을 시작하면 아빠는 급히 상구를 데리고 자리를 피했다. 그럴수록 김 씨는 들으라는 듯 더 크게 이상한 소리를 해 댔다. 무슨 말인지 정확히 알아들을 수는 없었지만 끔찍하고 소름 끼치는 이야기인 것은 분명해 보였다. 아빠도 상구만큼이나 김 씨를 꺼려 했다. 한번은 아빠가 할아버지에게 김 씨를 자르면 안 되겠냐고 말한 적도 있었다. 하지만 할아버지는 단칼에 거절했다.

"딴 놈들은 맘이 약해서 못 하는 일도 김 씨 그 사람 있으니까 다 되는 거다. 돈 더 달란 말도 안 하지, 부지런하지, 화끈하지. 이제 농장 일도 외국 놈들 없으면 안 되는 판에 그나마 말 통하는 김 씨까지 자르면 일이 어떻게 돌아가냐. 하여튼 도움 되는 말은 할 줄 모르는 놈."

하지만 상구는 농장에 갈 때마다 보았다. 김 씨가 돼지를 쿡쿡 찌르거나 발로 차거나 괴롭히는 것을. 김 씨는 돼지를 괴롭히는 재미로 일하는 사람 같았다. 돼지 농장에서 일을 잘한다는 건 돼지를 더 괴롭히고 더 못살게 구는 걸까?

그렇게 마지못해 농장을 다니기 시작한 지 얼마나 흘렀을까. 상구를 데리고 농장에 갈 때마다 한숨을 내리쉬던 아빠가 한결 부드러운 표정으로 말했다.

"상구야, 내일 농장 가는 날인 거 알지? 내일은 걱정 마라. 아빠가 네 몫으로 제일 귀여운 새끼 돼지 하나 찜해 놨어."

상구에게 주려고 일부러 꼬리를 자르지 않은 복실이는 꼬리가 물음표랑 느낌표를 합쳐 놓은 듯했고 그림책에서 본 귀여운 돼지와 꽤 비슷했다. 일찌감치 집을 떠나 기억에도 없는 엄마, 너무 바빠 얼굴 보기도 힘들었던 아빠, 무섭기만 한 할아버지. 어디에도 맘 붙일 곳 없던 상구는 복실이에게 딱 달라붙었다. 그 뒤로 상구는 농장에 가는 날을 기다렸다. 냄새나는 돈사에 들어설 때면 숨을 참고 눈에 초점을 풀고 복실이에게로 얼른 뛰어가면 되었으니까.

아빠가 할아버지 몰래 마련한 전용 마당에서 복실이는 신나게 자랐다. 잠시도 가만히 있질 않았다. 볏짚 위에서 뒹구는가 하면 작은 코로 땅을 파 대고 식용수로 쉴 새 없이 장난을 쳤다. 복실이를 보고 좋아하는 상구를 따라 아빠 얼굴에도 웃음이 돌았다. 복실이를 보살피면서 상구는 점점 몸도 마음도 건강해졌다. 농장에서 만난 낯선 이들에게도 웃으면서 복실이를 소개시켜 줄 만큼 복실이는 상구의 소중한 가족이었다.

"설사하는 놈들, 안 크는 놈들, 비실비실한 놈들 싹 다 골라내."

어느 날 축사를 최대한 빠르게 지나 복실이에게 달려가던 상구 눈에 이상한 광경이 띄었다. 김 씨 아저씨가 신이 난 듯 고함을 지르고 농장 일꾼들이 돼지들을 어딘가로 몰아넣고 있었다. 아직 엄마 젖도 안 떨어진 것 같은 어린 돼지들부터 큰 돼지까지, 모두 뒤엉킨 채로 일꾼들을 따랐다.

'뭐 하는 거지?'

농장에 여러 번 왔어도 처음 보는 광경이었다. 어쩐지 불길했다. 절대 좋은 일로 돼지들을 모으는 것 같진 않았다. 상구는 농장에서 키우는 돼지들이 살찌고 자라면 도축장으로 가서 고기가 된다는 것쯤은 알고 있었다. 하지만 저기 모인 돼지들은 너무 어렸다. 도대체 왜 어린 돼지들까지 다 끌어 모으는 걸까? 누군가에게 물어보고 싶었지만 물어볼 수 없었다. 입이 잘 떨어지지 않았다. 상구는 김 씨의 눈에 띄지 않게 조심하면서 빠른 걸음으로 복실이 돈사로 갔다.

그런데 없었다. 돈사가 텅 비어 있었다. 방금 전까지 복실이가 있었던 것처럼 사료도 물도 흐트러진 채로 돈사는 텅 비어 있었다.

"어디 갔지? 복실아! 복실아!"

상구는 차마 크게 소리치지 못하고 복실이를 불렀다. 상구는 귀를 막은 채로 복실이를 찾아 헤맸다. 멀리서 차마 듣기 힘든 꿰에엑 소리가 들려왔다. 다리에 힘이 풀리기 시작했다.

"복실아, 복실아."

그때 어디서 나타났는지 아빠가 상구를 들쳐 멨다.

"상구야! 상구야! 집에 가자."

아빠가 상구의 머리에 잠바를 뒤집어씌우고 꼭 껴안은 채로 뛰었다. 상구는 발버둥을 치며 잠바를 벗어 던지려 했다.

"아빠, 복실이! 복실이가 없어!"

아빠는 말없이 상구가 잠바를 걷어 내지 못하게 꼭꼭 여밀 뿐이었다. 상구는 잠바의 옷깃 사이로 거칠고, 질척거리고, 뭉클하고, 비린내를 풍기는 소리들을 들었다. 귀청이 찢어질 듯 아팠다. 하지만 상구는 울지 못했다. 울면, 소리를 내면, 김 씨가 끝까지 쫓아올 것만 같았다. 복실이와 영영 멀어질 것만 같았다.

상구는 사람이 사는 집에서 함께 자고 먹는 동물들보다 자기 집을 의젓하게 갖고 있는 복실이가 훨씬 더 멋지다고 생각했다. 하지만 그 복실이는 하루아침에 죽어 버렸다.

"나는 엄연히 합법적인 안락사를 한 거야. 왜 이래?"

"안락사라뇨. 복실이는 병에 걸리지도 않았습니다. 아셨잖습니까."

아빠가 열없는 목소리로 항의 아닌 항의를 했을 때 김 씨는 기세가 등등해 오히려 아빠에게 호령했다. 할아버지도 마찬가지였다.

"애초부터 하도 작아서 장난감이나 하라고 모른 척해 준 거지. 계속 키우라고 할 줄 알았냐? 농장이 애완동물 키우는 데야? 한 방에 보내는 김 씨가 기술자다. 다른 놈들 시켜 봐. 아주 그냥 하루 종일 시끄럽다."

"좀 덜 잔인한 방법도 있잖아요."

"무슨 방법! 주사 놓으려면 수의사 불러야 하고. 총도 불법이고. 그럼 산 채로 파묻냐? 그렇게 좋은 방법 있으면 네가 한번 해 봐. 유치원 다니는 지 아들놈이랑 똑같이 철딱서니 없어 가지고. 도대체 언제 돈 되는 일을 좀 할래? 혼자 일 못 찾겠으면 농장이라도 맨날 나와서 일을 하든가. 하여튼 쓸모없는 놈."

복실이가 죽던 날, 이상한 광기로 번들거리던 김 씨의 얼굴과 눈빛을 상구는 똑똑히 기억하고 있었다. 몰래 숨어서 들었던 할아버지와 아빠의 다툼 아닌 다툼도.

그리고 그해 겨울, 농장에는 수상한 병이 돌았고 꽉 차 있던 돈사들은 텅 비어 버렸다. 몇 년이 지나지 않아 할아버지가 눈을 감았고 그 뒤로 김 씨도 농장을 떠났다. 덕분에 상구는 더 이상 농장에 가지 않았다. 상구는 복실이가 복수를 한 거라고, 그래서 그들이 벌을 받은 거라고 자신도 모르게 믿고 있었다.

학교에 김 씨가 다시 나타나기 전까지는.

21

올겨울은 좀 나으려나. 작년엔 일이 줄어서 수입이 반 토막 났다. 한동안은 조류 인플루엔자가 기승을 부려 재미를 좀 봤었다. 전국을 돌면서 살처분한 닭이랑 오리가 수백만은 족히 넘을 것이다. 농장에 갈 때마다 심약하다고 타박받던 현 사장은 이제 없다. 돼지를 키워서 파는 것보다 병 걸린 놈들을 죽여 없애는 일이 훨씬 더 남는 장사임을 알게 된 건 그해 겨울로부터 몇 년이 지난 뒤였다. 손에 피를 묻히고 다치거나 병을 얻은 공무원, 군인, 수의사가 많아지면서 그들을 대신해 동물을 죽이고 묻고 얼리고 갈아 버릴 사람들이 필요해졌다. 돈이 되는 일이라면 하루에 수만 마리의 생명이라도 최대한 신속하고 빠르게 처리해야만 했다. 전염병의 원인이라고 외국인을 쫓아내던 농장들은 다시, 전염병이 걸린 것들을 죽이라며 외국인 노동자들을 불러들였다. 고국에서 미래를 보지 못한 사람들, 가족에게 생활비를 보내야 하는 사람들은 방역복을 입는 순간 영혼을 저세상으로 보낸 듯 움직였다. 현장에선 무감각한 이들이 더 많이 벌고 오래 일할 수 있었다.

현 사장은 그 현장에는 거의 가지 않았다. 대신 일급을 좀 더 넉넉하게 주고 현장에서 사고가 나는 즉시 다른 업체보다 더 빠르고 효율적으로 대처를 해 줬다. 입소문이 났는지 최정예 인력이 금세 몰려들었다. 제아무리 돈이 된다고 해도 50명이 오면 삽시간에 40명이 질려서 떨어져 나가는 이 바닥에서 현 사장은 사람을 다루는 요령을 빠르게 체득했다. 새 사업은 날개 돋친 듯 성장해 나갔다.

현 사장은 돼지를 직접 죽이고 다녀야 일에 소질 있다는 칭찬을 듣던 젊은 시절을 생각하면 한없이 억울했다. 영원히 살 것 같더니 어이없이 세상을 등진 아버지를 다시 깨워서 화풀이라도 하고 싶은 지경이었다. 가장 통쾌했던 것은 징글징글한, 볼 때마다 이를 갈게 만들던 김 씨가 일자리를 좀 달라고 찾아왔을 때였다.

"현 사장 하는 일, 내가 적임자인 건 알지."

그 인간은 어이없게도 당연히 자신을 좋은 자리에 앉혀 줄 거라는 기대가 있는지 내내 거들먹거렸다.

"돌아가신 회장님이 나를 얼마나 신임했는지는 자네도 알 테고."

"돼지 농장 하나 경영한 것치고는 회장님이라는 호칭은 좀 과하시네요."

"무슨 소리, 자네 선친이 농장 운영하면서 지역 사회에 끼친 영향이 얼마인데. 회장님이고말고."

"지금은 과학 기술 시대입니다. 제가 하는 사업은 그 시절의 야만적인 방식이 아니어서 조금 힘드실 것 같아요. 위생적으로 살처분해서 렌더링 후 비료를 만드니까요. 주로 상대하는 농장도 조류가 대부분이라 돈사에서 일하셨던 경험이 도움 될 것도 없습니다. 아쉽지만 도와드리긴 어려울 것 같네요. 이제 나이도 드셨으니 그런 험한 일 그만하는 게 정신 건강에도 좋지 않나요? 앞으로의 용무는 회사를 통해서 이야기하세요. 용무가 있을 것도 없겠지만."

최대한 건조하게, 그러나 아낌없이 경멸의 빛을 내보이는 자신 앞에서 붉으락푸르락 꿈틀거리는 김 씨의 얼굴을 보니 코웃음이 나왔다. 이제 정말 한 시절이 끝났다는 기분이 들었다. 무지하고 무식하고 무자비한 그런 부류의 인간을 이토록 신사적으로 대한 자신이 대단하게 느껴졌다.

그에게 한 말은 사실이었다. 지자체나 공무원에게도 대우받는 자신의 사업은 정당하고 깨끗하고 과학적이었다. 먹고살기 힘든 사람들에게 고임금 일자리를 제공한다는 점에서도 좋은 일이었다. 하지만 이상하게 아들 상구에게는 자신이 하는 일을 구체적으로 얘기하지 못했다. 아니, 않았다.

그런데 그 김 씨가 상구 학교에 당직 기사로 들어갔다는 것을 안 순간 머릿속에서 폭탄이 터지는 듯했다. 전화도 하지 않고 무조건 교장실로 쳐들어갔다.

"당직 기사 고용 문제는 누가 결정합니까? 교장 선생님이 하시는 거죠? 해고해야 할 것 같은데요."

"그건 왜 물어보시죠? 학교 당직 기사 고용 문제까지 간섭하시는 건 좀 선을 넘으시는 것 같습니다만."

작년에 새로 부임한 교장은 생각보다 말이 잘 통하지 않았다. 상구가 졸업하고 나면 이제 이 짓거리도 끝이다. 대학이야 서울로 가든 외국으로 가든 지가 알아서 할 일이다. 상구가 이 동네만 벗어나면 더 이상 돼먹지 않은 일로 고집부리는 인간들을 만날 일도 없을 거다. 현 사장은 지그시 입술을 깨물었다.

"당직 기사는 용역 업체를 통해서 들어옵니다. 저희는 추천받을 뿐이지요. 해고도 업체를 통해서 해야 하니 오늘 당장은 어렵습니다."

"그럼 3일 정도면 충분하겠습니까. 저희 회사가 올해 사정이 그리 좋지는 않습니다. 그래도 후원이나 장학 사업은 최대한 지속적으로 하겠지만요."

"늘 감사하게 생각하고 있습니다. 다만, 학교에서도 수영장 폐쇄 문제로 좀 곤란을 겪고 있습니다. 수영장 폐쇄 이유는 사장님도 당연히 아시죠?"

교장이 손으로 찻잔을 감싸며 안경 너머로 빤히 현 사장을 쳐다보았다.

'자기도 패를 하나 갖고 있다 이건가. 맹랑하네.'

"알고 있으니 해마다 이렇게 발전 기금을 내놓는 거 아니겠습니까. 저랑 관계없는 아버지와 재단 사이의 일인데도요. 게다가 벌써 십수 년 전 일이고 매몰지 옆에서도 농사짓고 집 짓고 할 거 다 합니다. 그런데도 지금까지 도의적인 책임을 지고 있습니다. 물론 제 아들이 이 학교에 있기도 하지만요."

"그럼 현 군이 학교를 졸업하면 상황이 달라진다는 이야기인가요? 요즘 여기저기서 매몰지 복원을 하느라 한창입니다. 복원 업체에서 부르는 게 값이라는 이야기도 들리더군요. 그런데 매몰지를 매몰지라 부르지도 못하는 형편이니 복원은 꿈도 꿀 수 없고. 예산이 없어서 방치된 수영장을 폐쇄하지도 못해요. 아시는지 모르겠는데 거기서 사고가 자주 일어납니다."

교장이 깐깐한 얼굴로 안경을 들어 올리며 쏘아봤다.

"그래서요? 상구 졸업 후에도 계속 책임을 져라 이 말씀입니까? 막말로 학교에서도 이득인 부분이 있으니까 그때 동의한 거 아니에요? 책임을 지려면 학교 사람들도 책임을 져야죠."

"저는 당시에 학교에 있던 사람이 아닙니다."

교장은 당황하는 빛도 없이 건조하게 대꾸했다.

"그건 저도 마찬가지 아닙니까? 21세기에 연좌제도 아니고 아버지가 한 불법적인 일에 대해 제가 책임을 져야 한다는 구시대적인 발상은 어디에서 나오는 겁니까?"

"그 아버지가 한 일로 지금도 이렇게 승승장구하잖아요? 하시는 사업도 연관된 사업이고요."

교장의 입가에 비웃음 비슷한 것이 희미하게 떠올랐다.

"교장 선생님 말씀이 과하시네요. 제가 하는 사업이 뭔지 아신다면 그렇게 선 넘는 말을 함부로 하시면 안 되죠. 아무리 짐승이어도 손에 피 묻히는 사업 하는 사람한테."

현 사장이 어금니를 깨물고 최대한 낮은 목소리로 대꾸했다. 교장은 곱게 세팅한 파마머리를 잠시 매만지더니 벌떡 일어섰다.

"사장님, 진정하세요. 제가 이제 와서 매몰지 복원까지 요구하는 건 아닙니다. 일단 폐쇄된 수영장 가서 보고 말씀하시죠. 삼대째 모교이기도 하고 아드님이 다니는 학교가 잘되면 나쁠 게 없지 않습니까. 하시는 사업체 이미지에 도움도 되고요. 지역 교육 사업 지원, 얼마나 말 만들기도 좋습니까. 제가 아는 지역 언론인들이 꽤 많습니다."

교장은 만면에 웃음을 띠었다.

'쓸데없이 능숙한 사람이군.'

현 사장은 마지못해 일어서서 교장을 따랐다. 체육관 뒤 높다란 옹벽과 허술한 펜스 안쪽에 방치된 수영장. 웃자란 풀들과 엉성하게 두른 관계자 외 출입 금지 테이프. 현 사장이 수영장에 온 건 학교를 졸업하고 거의 처음이었다.

"사실 폐쇄보다는 리모델링 쪽에 힘을 좀 쓰고 싶은데. 이 정도 시설이면 복원 후에 충분히 사용 가능합니다. 지하수를 쓰지 않고 수도를 연결하면 될 일이고요. 제 임기가 끝나면 과연 누가 그런 생각을 할지 의문이긴 하죠. 학생 수도 점점 줄어드는 판에 이런 의지를 가질 사람이 있을까요."

교장은 학교에 애정이라도 있는 듯이 어울리지 않는 태도를 보였다. 현 사장이 수영장만 바라본 채로 말이 없자 교장은 초조해졌는지 다시 한번 말을 덧붙였다.

"물론 예산이 많이 필요하긴 하겠지만 사장님 삼대가 다닌 모교인데 회사 규모 생각하면 그리 손해 보는 장사도 아니라고 생각합니다. 이 기회에 선대에 저지른 잘못을 깨끗이 털고 가는 씻김굿도 되지 않나 싶고."

"씻김굿요?"

현 사장이 픽 웃었다.

"우리나라에서는 고사 지낼 때 돼지머리 놓고 하죠. 수영장 다시 개장할 때 돼지머리 놓고 하면 되겠네요. 꽤 재밌는 아이러니가 되겠군요. 하하."

"그 말씀은 리모델링 공사에 예산을 지원해 줄 의사가 있다는 얘기로 들리기도 합니다만?"

교장이 현 사장의 말을 듣고 싶은 대로 들었는지 화색이 확 돌았다. 현 사장은 그런 교장을 경멸하듯 쳐다보다가 말을 씹어뱉었다.

"그 당시 일을 알고 있던 교사들 다 내보내세요. 쓸데없는 말 더 돌지 않게요. 그리고 아까 말한 당직 기사 건은 3일 안에 해결하시기 바랍니다. 리모델링이든 철거든 그다음에 얘기하도록 하죠."

3월 초순인데 이상하게도 햇살이 따뜻한 날이었다. 더운 기운이 느껴질 정도로 습한 공기가 푸석하게 마른 목현읍에 가득했다. 겨우내 눈 한 번, 가랑비 한 번 오지 않더니 비가 내리려는 모양이었다. 쓸데없이 더웠던 하루, 해가 지기도 전에 목현읍에 세찬 비가 내렸다.

그리고 그날 밤, 당직 기사 김 씨는 불의의 사고를 당했고 자연스럽게 학교에 나오지 않았다.

22

상구 담력 훈련 한번 해 볼 생각 없냐?

동휘 뭔 담력 훈련? 학교 야영한대?

상구 새로 바뀐 당직 기사 졸라 띠꺼워서. 학교에 뭐 두고 간 거 있어서 문 좀 열어 달랬더니 엄청 지랄하더라고.

동휘 아, 우리 지난번 장난쳤던 거?

상구 이번에는 좀 강도를 높여 보자고. 재밌잖아.

마침 비까지 부슬부슬 내려서 일 벌이기 딱 좋은 날이었다. 지난번 당직 기사는 생각보다 심한 겁쟁이였다. 적어도 순찰은 제대로 돌아야 하지 않나? 수영장 근처로는 얼씬도 하지 않아서 체육관 초입에서 몇 번 놀래 준 게 다였다. 비가 오는 날 수영장은 유난히 음산한 분위기가 감돌았다. 체육관과 본관 건물, 그 뒤 옹벽까지 사방이 막혀 있는 탓인지 조그만 소리도 더 크게 들렸다.

'나도 오늘은 장난칠 기분은 아니지.'

상구는 검색을 수없이 해서 가까스로 구한 돼지 가면을 챙겼다. 핼러윈 용품, 공포 체험 장난감, 이색 파티용품 등 온갖 사이트를 다 뒤져서 구한 가면이었다. 색깔이 허여멀게서 어두운 곳에서도 잘 보였다. 눈자위가 불그스름하고 입꼬리는 기괴하게 뒤틀려서 밝은 데서 나타나도 놀라 자빠질 만한 가면이었다. 가면을 가방에 쑤셔 넣고 소리를 기괴하게 증폭할 마이크도 주머니에 넣었다.

뿌연 빗줄기로 뒤덮인 학교에는 인기척이라곤 없었다. 교문 앞에 도착한 지 한 5분이나 지났을까. 저쪽에서 우비를 입고 자전거를 타고 오는 동휘가 보였다.

"강동휘, 여기!"

상구가 나직하게 불렀다.

"이 새끼, 진짜 또라이네. 이런 날 이런 정성을 부린다고."

혀를 끌끌 차며 투덜거리던 동휘는 상구가 가면을 쓰자 실소를 터트렸다.

"야, 네가 이 정도일 줄 알았으면 나도 좀 성의 있게 준비하는 건데. 난 동생한테 뺏어 온 요것밖에 없어."

동휘가 주머니에서 유령 가면을 꺼냈다.

"됐어. 나만 쓰면 돼. 너까지 그런 거 쓰면 어설퍼서 더 들키니까 넌 그냥 우비만 입어."

둘은 자전거를 교문 밖에 세워 두고 조심스럽게 걸어갔다. 소화전과 비상구의 붉고 푸른 빛만 비에 젖은 창문 밖으로 번져서 학교는 조악한 유령의 집처럼 보였다. 본관 옆 사잇길을 지나 체육관 쪽으로 발길을 옮겼다.

히히힛, 꿰에엑.

상구가 우뚝 멈췄다.

"왜 그래?"

"방금 무슨 소리 못 들었어?"

"뭔 소리?"

"개구리 소린가?"

"개구리? 이렇게 추운데 개구리가 울어?"

"그런가?"

"근데 너 진짜 무섭다. 지리겠어."

동휘가 상구를 보며 몸을 부르르 떨었다. 어둠 속에서 우비를 입고 돼지 가면을 쓴 상구는 비정상적으로 거대해 보였다. 웅크리고 있던 괴생명체가 본격적인 사냥을 시작하려 일어선 느낌이라고 해야 하나.

"쉿, 오나 보다. 지난번 아저씨보다는 담이 센가 봐."

동휘가 급히 상구를 주저앉혔다.

저쪽에서 손전등 불빛이 곧게 어둠을 가르고 나타났다. 작은 음악 소리와 함께 들리는 콧노래.

"다아앙시인이 떠나신다면 그곳이 어어어디이이이이라도……. 당신밖에 모르는 여자의의의 순저어어어엉을."

저도 모르게 다음 소절을 따라 부를 만큼 귀에 익은 노래였다. 농장에 갈 때마다 지겹게도 들리던 그 노래.

"어이, 상구 아빠. 음악 좋아해? 트로트가 진짜 음악이지. 거 상구 아빠 차에 맨날 틀어 놓고 다니는 그게 노랜가? 제대로 살아 본 사람이 그런 걸 듣냐고. 응?"

그날도 농장에서는 이 노랫소리가 하염없이 반복되고 있었다. 햇볕이 유난히 세고 바람이 없던 날. 그 가운데에서도 코를 찌르던 냄새. 그리고 평소에 맡던 돼지 배설물 냄새와는 다른 비릿한 피 냄새.

손전등 빛이 점점 밝아져 왔다.

"야, 거의 다 왔다. 현상구. 얼른 정신 차려. 뭘 멍하니 있어?"

165

동휘가 어깨를 툭툭 쳤다.

"다아앙신……? 거기 누구야? 누구 있어?"

손전등 불빛이 잠시 머뭇거렸다.

"히히히히히힛……."

동휘가 공들여 연습한 웃음소리를 냈다.

"뭐야? 누가 장난쳐?"

김 씨가 호기롭게 소리를 질렀다.

"귀신이냐? 귀신 천 명이 와 봐라. 목현읍 김가 잘못 건드
렸다가 대가리 다 깨졌다고 소문나지."

"헐, 저 영감 생각보다 기세 있는데."

동휘가 웃음소리를 죽였다. 그제야 정신을 차린 상구가
낮게 휘파람을 불며 이상한 소리를 내기 시작했다.

"꾸에에엑. 꾸악꾸악, 꿰에에에에에엑."

우비 안쪽에 있는 마이크에서 소름 끼치는 소리가 더 크
게 울렸다. 상구가 천천히 김 씨에게 다가갔다.

"야, 현상구! 현상구!"

동휘가 뒤에서 불러도 홀린 듯이 걸어갔다.

"으아아아아아아악!"

뒤이어 귀청이 터질 듯한 노인의 비명 소리가 들려왔다.
상구는 아랑곳없이 노인을 향해 계속 걸었다. 동휘가 얼어

붙은 듯 그 모습을 바라보고 있었다. 풀밭에 떨어진 손전등이 무대 조명인 양 상구를 응시했다. 삽시간에 수영장 근처는 연극 무대가 되었다. 상구는 계속 정체불명의 소리를 내며 노인에게 다가갔다.

"제발, 제발! 살려 살려……."

동휘가 자기도 모르게 눈을 질끈 감았다. 그때 무언가 둔탁하게 쓰러지는 소리가 들렸다. 뒤이어 풀밭을 뛰어오는 축축한 소리에 동휘는 눈을 번쩍 떴다. 손전등 불빛이 한없이 하늘을 향했다. 노인의 모습이 보이지 않았다.

"뭐 해, 강동휘 가자."

"야, 노인네 어디 갔어?"

"몰라."

동휘는 상구 손에 이끌려 정신없이 교문 밖으로 뛰쳐나왔다. 각자 자전거를 타고 빗속을 달려 무사히 집으로 들어오기까지 채 20분이 걸리지 않았다.

동휘 너 설마 노인네 죽인 거냐?

상구 무슨 말 같지 않은 소리야? 그냥 서 있기만 한 거 너도 봤잖아. 돼지 소리만 냈다고. 꿱!

동휘 그럼 어떻게 된 건데? 쿵 소리 들리던데.

상구 지가 겁먹어서 뒷걸음질 친 거야.

동휘 뭐? 그럼 수영장으로 떨어졌어? 거기 꽤 높잖아. 그냥 놔
두고 오면 어떡해?

상구 그럼 들고 오냐? 동네방네 소문 다 나게? 쫄지 마. 안 죽
어. 그 노인네가 어떤 인간인데. 걱정 말고 꿀잠 자라.

동휘 너 원래 아는 영감이었어?

상구 몰라. 나 졸려. 여기까지만 해. 이 메시지도 전부 지워라.
잔다.

이상했다. 평소 이런 장난을 치면 현상구는 자기가 더 쫄아
서 예민하게 굴었는데, 오늘은 지나치게 차분하고 침착했다.

'아, 몰라. 그냥 좀 쓰러져 있다가 정신 차리겠지, 뭐. 거기
서 떨어진다고 죽기야 하겠어?'

동휘는 얼른 이 상황을 지워 버리기로 마음먹었다. 하지
만 상구와 나눈 메시지만은 지우지 않았다.

그 후, 학교에는 당직 기사가 수영장에서 귀신을 보고 쓰
러졌다는 소문이 돌았다.

"그 할아버지, 많이 다쳤대?"

동휘가 넌지시 아이들에게 물어보았다.

"머리가 다 깨졌다던데. 그리고 허리가 빠그라졌다는 말

168

도 있고 핏자국이 흥건했대. 으."

제대로 된 사정을 아는 애들은 없었다. 학교에서도 특별한 말이 없었다. 학교 출입 금지 구역에는 드나들지 말라는 짤막한 안내문이 붙었을 뿐이었다.

"상구야, 네 말이 맞나 봐. 아무도 눈치채지 못한 것 같더라."

동휘가 하굣길에 조심스럽게 말했다.

"그게 무슨 말이야?"

"무슨 말이긴, 몰라서 그래? 네 말대로 CCTV도 없었던 거 확실하단 이야기지. 그러니까 이렇게 조용한 거 아니겠어?"

"조용히 해라. 도대체 무슨 소리야? 꿈꿨냐?"

상구가 서늘한 표정으로 동휘를 노려봤다. 동휘가 잠시 눈을 굴리다가 활짝 웃었다.

"아, 그렇지? 내가 무슨 소리를 했는지 모르겠네. 우리 밤마다 공부하느라 바빴는데 말이야. 알았어, 알았어. 네 말 알아들었어."

동휘는 호들갑을 떨며 상구 어깨를 두드렸다. 상구는 말없이 동휘의 손을 치우고 걸어갔다.

"재수 없는 새끼."

동휘는 상구와 멀어지며 슬그머니 휴대폰을 열었다.

3월 7일 동영상 파일, 메시지 캡처 파일.

증거는 무사히 있었다.

23

고요한 토요일 아침이었다. 기현은 어제 소설 다음 화를 쓰느라 날을 지새운 것 같고 영리도 오늘은 좀 쉬고 싶다고 했다. 무거운 집 안 공기가 싫어 진호는 밖으로 나왔다. 하릴 없이 학교로 향했다. 이제는 익숙하게 들어가는 수영장, 갖 가지 꽃들이 핀 뒤뜰은 화려하기만 했다. 그 시절에 여기서 수영을 하며 웃고 떠들었을 사람들의 소리가 들리는 것 같 았다. 물살을 가르는 소리, 텀벙 뛰어드는 소리.

"체육 선생님도 여기서 수영을 해 봤을까?"

진호는 수영장 가를 따라 거닐며 수영장을 둘러싼 옹벽과 그 위에 자리한 언덕을 쳐다봤다. 늘 수영장 안쪽만 보느라 별다른 관심이 없던 곳이다. 축대 위에 있는 언덕. 나름 학교 뒷산인데 한 번도 가 볼 생각을 한 적이 없었다. 저기로 올라 가는 길이 있던가? 축대 근처에 가까이 가니 콘크리트 블록 사이로 가느다란 길이 나 있는 게 보였다. 길이라고 할 것도 없는 곳이었지만 분명히 사람이 지나다닌 흔적이 있었다. 샛길은 수영장 뒤편 언덕을 향하고 있었다.

진호는 저도 모르게 그 길을 따라갔다. 언덕 위로 올라가 면 수영장과 그 주변이 내려다보일 것이다. 바라보는 위치 가 달라지면 새로운 것이 눈에 들어올지도 모른다. 진호는 제법 가파른 오솔길을 기다시피 올라갔다. 푸석한 먼지가 피어오르고 기침이 났다.

생각보다 금방 언덕에 도착했다. 나무가 빼곡할 거라 생 각했는데 눈앞에 펼쳐진 언덕은 놀랍게도 휑한 공터였다. 두 학급 정도가 거뜬히 모일 수 있을 만큼 널찍한 공간이었 다. 진호는 언덕에 서서 숨을 고르고 수영장을 내려다봤다. 폭이 넓지 않은 레인이 세 개, 녹슨 손잡이, 여전히 낡고 초 라해 보이는 수영장. 그 옆에 외로이 서 있는 살구나무.

변두리에 있는 휴일의 학교는 으스스했다. 한 번도 와 본 적 없는 위치에서 학교를 굽어보니 이상한 기분이 들었다. 높 은 곳에서 물 없는 수영장을 내려다보는 것은 처음이었다.

진호는 좀 더 뒤로 물러나서 보려다 중심을 잃고 풀썩 주저앉았다. 그런데 땅의 느낌이 이상했다. 단단한 흙이나 돌을 밟는 느낌이 아니었다. 발밑이 물컹물컹하고 닿는 곳마다 바닥이 푹 꺼졌다. 한참 생명력이 왕성할 계절인데 풀들은 누래서 볼품없었고 바닥엔 하얀 솜털 같은 것들이 얇게 깔려 있었다. 민들레 꽃씨도 아니고 동물의 깃털 같지도 않은 솜털들은 곰팡이에 가까워 보였다. 진호는 천천히 일어서서 주위를 둘러봤다. 소름이 오싹 끼쳤다. 조용히 눈을 감았다. 먼지바람 속에 분명히 무언가가 뒤섞여 들리는 것 같았다.

다급한 사람 소리, 세찬 빗소리, 그리고 기계음과 짐승 소리. 이런 선명한 소리는 오랜만이었다. 어딘지도 모를 다른 곳의 소리를 듣는 일. 그리고 다른 곳을 보는 일.

진호는 눈을 번쩍 떴다.

일곱 살 때쯤 태권도 학원에서 수영장에 간 적이 있었다. 진호는 그때까지 식구들과 나들이 같은 걸 가 본 적이 없었다. 늘 아빠가 아팠기 때문이다. 처음 가 본 수영장은 정말 새로운 곳이었다. 사람들이 떠드는 소리, 장난치는 소리가 아무리 커도 물속에 쑤욱 들어가면 순식간에 조용해졌다.

'이런 곳에 살고 싶다.'

어린 진호는 그런 생각을 했다. 이렇게 조용하고 평화롭고 고요하고 따뜻하면서도 차가운 모든 것이 적당한, 이런 곳에서 살고 싶다고. 진호는 물속에서 힘을 풀고 조용히 누웠다. 하나도 무섭지 않았다.

눈을 떴을 때는 무슨 일인지 현상구가 선생님께 혼나면서 울고 있었다.

"상구! 무슨 소리야! 진호 저렇게 잘 쉬고 있는데."

"아니라고요! 아까 물속에서 숨도 안 쉬고 누워 있는 거 봤다고요!"

상구가 울고불고 소리를 지르며 진호를 노려봤다. 진호는 수영장 가에 있는 시원한 나무 그늘 밑 돗자리에 누워 있었다. 배에는 타월 한 장이 덮여 있었다. 언제부터 여기 누워 있었는지 기억나지 않았다. 그때부터였을까? 현상구가 진호를 미워한 것은.

수영장 사건 뒤에도 몇 번씩 비슷한 일이 생겼다. 분명히 체육 시간에 뛰어다니다가 잠시 운동장 스탠드에 쉬고 있었을 뿐인데 어느새 교실에 앉아 수업을 듣고 있었다. 그것은 암전 같기도 영혼 탈출 같기도 했다. 진호의 존재감이 워낙 약하다 보니 다른 사람들은 진호가 그냥 졸고 있다거나 정

174

신 줄을 놓고 있다고 생각하는 것 같았다. 그런데 현상구는 달랐다. 진호가 어딘가를 떠돌 때 현상구는 꼭 눈앞에 나타나 경악하는 눈빛으로 진호를 쳐다보고 있었다. 교실에 혼자 앉아 필통 정리를 하는데 앞문을 열고 들어온 현상구가 진호에게 느닷없이 말을 걸 때도 있었다.

"너 방금 운동장에 있지 않았어?"

그때 현상구 말투는 평소의 조롱 섞인 말투와 많이 달랐다. 뭐가 진짜 현상구의 말투인 걸까. 진호는 남들에게는 들리지 않는 소리가 들리거나 어딘가 다른 곳에서 갑자기 정신을 차린 순간들을 대수롭게 여기지 않았다. 과학책에서 본 것처럼 어차피 인간도 구멍투성이인 물질일 뿐이라고 생각했다. 그러니 불현듯 어딘가로 영혼이 흩어지거나 먼 곳의 주파수를 잡아내는 것이 신기하지도 않았다.

그런데 한동안 없었던 일이 여기 수영장 뒤편 언덕에서 다시 일어난 것이다. 분명히 언덕에서 눈을 떴다고 생각했는데 진호는 어느새 내리막길 초입에 서 있었다.

"현웅농장이랑 우리 학교는 가까워. 산으로 막혀 있어서 그렇지."

기현이 지도를 가리키며 했던 말이 떠올랐다. 그 말은 이

길을 따라서 걷다 보면 현웅농장이 나온다는 뜻이었다. 진
호는 저도 모르게 발걸음을 옮겼다. 잡풀이 온통 우거진 등
성이는 길인지 아닌지 구분이 되지 않았다. 아주 오랫동안
아무도 다닌 적이 없는 것 같은 길이었다.

24

아무도 없을 거라고 생각한 곳에서 누군가 하늘에서 뚝 떨어진 듯 난데없이 나타났다. 상구는 비명을 내지를 뻔했다. CCTV가 있다는 강동휘의 이상한 소리를 직접 확인해 보려고, 정말 가기 싫은 농장 뒤편으로 향했다. 길도 없는 곳을 가려니 종아리에 덤불과 낙엽들이 더덕더덕 붙어 짜증이 치밀어 올랐다.

'강동휘 모자란 놈. 임진호 같은 새끼한테 속아서 떨기나 하고. 내가 그때 몇 번을 확인했는데.'

상구는 아무것도 없는 축대 사진을 찍어 동휘의 코를 납작하게 만들겠다고 씨근덕거렸다. 그런데 거짓말처럼 임진호가 나타난 것이다.

"너…… 너 왜 여기 있냐? 어디서 갑자기 나타난 거야?"

현상구는 못 볼 것을 본 사람처럼 입을 벌린 채 진호를 쳐 다봤다. 등골에 식은땀이 솟아나기 시작했다. 가장 오기 싫 은 장소에서 가장 만나기 싫은 놈과 부딪쳐 버린 것이다. 상 구는 진호와 한곳에 있는 것을, 그것도 단둘이 있는 것을 세 상에서 제일 싫어했다. 한마디로 기분이 나쁘고 찜찜했기 때문이다. 그것은 절대 느낌만은 아니었다.

어렸을 때 태권도 학원에서 수영장으로 체험 학습을 간 적이 있었다. 한참 즐겁게 물놀이를 하다가 상구는 코를 쥐 고 수영장 아래로 잠수를 해 보았다. 어깨까지 담갔던 몸을 더 아래로 낮추고 머리를 완전히 물속에 담근 채 눈을 떴다. 부옇던 눈앞이 점점 맑아져 왔다. 그때 상구는 보았다. 열 걸 음쯤 앞에 반듯이 누워 있는 진호를. 숨이 멎는 것만 같았다. 진호는 눈을 똑바로 뜨고 수영장 바닥에 누워 있었다. 마치 무엇이 받쳐 주고 있는 듯, 방바닥인 양 수영장 아래에 반듯 하게 누워 있었다. 머리카락조차 일렁이지 않았다. 상구는 용수철처럼 물 밖으로 튀어나왔다. 여전히 하늘은 파랗고 햇빛은 눈부셨다.

그때부터였다. 상구가 임진호를 무서워하고 싫어하게 된 것은. 그런 일은 그 뒤에도 몇 번이나 일어났다. 소름 끼치게 끔찍한 임진호가 자꾸만 말을 걸었다. 아무렇지 않게 어제 본 만화 이야기를 하고 장난감을 줬다. 아무리 못 들은 척해도 대답을 할 때까지 느릿느릿 말을 했다. 상구 눈에만 임진호가 그렇게 보이는 건지 다른 아이들은 그 애를 아무렇지 않게 대했다. 너무 싫은데 계속 같은 반이 되었다. 자신이 본 걸 말해도 아무도 믿어 주지 않을 것은 뻔했다. 일곱 살 때 관장님이 그랬던 것처럼 등짝을 찰싹 때리고 화를 내겠지.

결국 임진호가 어떤 이야기를 하건 못 들은 척했다. 최대한 애들이 임진호를 싫어할 수 있도록 최선을 다했다. 그 애가 하는 모든 말과 행동을 조롱거리로 삼았고 채팅방에 슬쩍 정보를 흘렸다. 조금씩 조금씩 임진호가 망가져 가는 모습을 보는 게 좋았다. 더 강한 사람, 더 센 사람, 더는 두려울 게 없는 사람이 되는 기분이 들었다. 임진호가 약해질수록, 말이 없어지고 어눌해질수록, 친구 없이 외로운 아이가 될수록 더욱 강해지는 느낌. 하지만 여전히 임진호와 단둘이 교실에 있으면 등골이 오싹하고 찜찜했다. 혼자 있을 때만은 임진호와 절대로 마주치고 싶지 않았다. 그런데 이런 곳에서 또 임진호를 만날 줄이야. 그것도 단둘이서만.

진호는 상구를 보고도 아무 동요 없이 걸어왔다. 언제 봐도 이상한 걸음걸이다. 팔을 잘 움직이지 않고 긴 다리는 꼭 귀신이 걸어오는 것처럼 빠르다.

"넌 토요일에 잠이나 처자지. 왜 이런 데를 다니냐."

상구는 최대한 거칠게 임진호를 을러댔다.

"그 말이 맞네."

또 저런다. 맥락에도 맞지 않는 괴상한 소리.

"범인은 자기가 죄를 저지른 장소에 나타난다는 말 말이야. 추리 소설에나 나오는 흔한 장치라고 생각했거든."

"너 모르냐? 이 산 아래에 우리 할아버지 농장 있었던 거. 오랜만에 한번 산책 온 거야."

"알고 있어. 너희 농장이었던 거. 나도 거기 한번 구경 가고 싶어서 왔어. 만난 김에 같이 가 볼래?"

어쩌다 보니 상구는 임진호랑 같이 농장 쪽을 향해 걷게 되었다. 범인 어쩌고 하는 말을 들은 마당에 길도 없는 뒷산을 계속 올라가는 것도 그렇고, 내리막길도 한 갈래라 선택의 여지가 없었던 것이다.

지금은 아무것도 없는 폐쇄된 농장이었다. 할아버지가 돌아가신 뒤로는 이 농장 근처에도 가고 싶지 않았기 때문에 사실 상구도 정말 오랜만에 와 보는 곳이었다. 그 시절 엄청 높아 보였던 농장 철문이 자신의 키보다 작은 것을 보니 살짝 기분이 좋기도 했다. 상구는 농장 문을 열고 성큼 안으로 들어갔다.

진호도 현상구를 뒤따랐다. 분명히 네가 왜 우리 농장을 구경하고 싶냐고, 뭔 미친 소리냐고 소리 지를 줄 알았는데 말없이 농장으로 향하는 게 이상하긴 했다. 하지만 현상구가 예상할 수 없는 행동이나 반응을 해 대는 애라는 건 오래전부터 알고 있었다.

구제역에 대한 기사나 자료를 하도 찾아봐서 진호는 돼지 농장의 구조도 어느 정도 파악하고 있었다. 수퇘지들만 있는 돈사, 자돈과 모돈이 있는 돈사, 돈사에서 나온 분비물을 모아 두는 곳. 그리고 돼지들이 영문도 모르고 몰려갔을 길까지도.

앞서서 걷던 상구가 돈사 옆 공터에 멈췄다. 그때 진호 귀에 이상한 소리들이 들려오기 시작했다. 귀를 자극하는 이상한 노랫소리. 그 사이사이 들려오는 둔탁한 마찰음. 그리고 욕지거리가 섞인 남자의 목소리. 그리고…… 몸속 깊은 곳에서 구역질이 올라올 만큼 끔찍한 짐승의 비명 소리들.

"여기…… 야? 네가 복실이 잃은 곳이."

현상구가 천천히 뒤를 돌아 진호를 마주했다. 얼굴이 새하얗게 질려 있었다.

"너……, 너…… 진짜 괴물 맞구나? 내가 잘못 본 게 아니었어."

진호는 차분하게 현상구를 바라보았다. 그동안의 느낌이 틀리지 않았다는 걸 현상구의 얼굴을 보고 알 수 있었다. 자신을 무서워하는 그 얼굴, 공포에 질린 얼굴. 현상구는 비틀비틀 뒷걸음질을 치며 진호에게서 멀어지기 시작했다. 그리고 뒤돌아서 들입다 뛰었다. 진호는 현상구가 멀어지는 모습을 끝까지 쳐다봤다. 다시는 현상구 따위를 무서워할 일은 없겠다는 생각이 들었지만 그건 안도감도 기쁨도 아니었다. 이제 그런 것들은 진호에게 중요하지 않았다.

"병원에 가도 통 아무 이상이 없다고 하니 어째야 좋아. 정말 이제 그 길밖에 없는 건가."

아픈 아빠를 보며 엄마가 내뱉던 말들. 그 길이 뭔지 진호는 어렴풋이 알고 있었다. 어른들끼리 수군거리던 말을 나중에 검색해 보고 알았기 때문이다.

"진호 아빠는 신병이야. 신병이 병원에 가면 낫겠냐고."

'나는 듣지 말아야 할 소리들을 듣는 걸까?'

그 소리들이 무엇을 의미하는지 진호는 알 수 없었다. 하지만 그 소리들 속에 숨겨져 있는 기운이나 감정이 자신을 해치려 하는 것은 아니라는 건 분명히 알 수 있었다. 나를 알아 달라는 구슬픈 외침. 진호가 알기로 슬픔은 남을 해하지 않는다. 하지만 너무 오래 묵은, 너무 큰 슬픔은 좀 다를지도 모른다.

농장 뒷문에서 시작된 길은 뒷산으로 이어졌다. 뒷산을 넘어가면 목현고가 있다. 정확히 말하면 목현고 수영장이 있다. 진호는 천천히 그 길을 다시 걸었다. 여기서 아까 발견한 언덕까지는 빠른 걸음으로 가면 15분도 채 걸리지 않는다. 돼지들을 몰고 간다면? 농장 앞쪽은 동네랑 이어지니 사람들 몰래 돼지를 묻을 수 없다.

목현읍은 대부분 평지로 산이 드물었고 이 뒷산처럼 변두리에 몇 개 있을 뿐이었다. 목현고와 현웅농장으로 진입로가 막힌 이 산은 사람들이 드나들기 어려운 곳이었다.

물컹물컹한 땅. 아직도 곰팡이인지 깃털인지 모를 이상한 것들이 피어 있는 땅. 언덕에 다시 오른 진호는 엎드려서 땅에 귀를 댔다. 눈을 감았다. 소리들이 들려오기 시작했다.

"여기였어."

25

초여름 햇살이 눈부셨다. 하늘빛과 물빛이 비슷해서 사방이 푸르게 보이는 오후, 점심 먹고 산책을 하러 나온 학교 수영장에는 싱그러움이 가득했다. 지하 무용실에서 나와 밝은 햇살 아래 웃고 있는 아이들을 보면 배봉수는 질투가 났다.

'흥, 무용부 예산 다 빼서 수영부에 주더니 나날이 돈을 쏟아붓나 보네.'

"어 선생님 오셨네요. 선생님! 저 다이빙 성공했어요. 한번만 봐 주세요!"

명호가 신나게 손을 흔들며 웃었다. 도대체 저놈은 아무리 눈치를 줘도 기가 안 죽어. 수영장이며 수영부며 못마땅했다. 수영 연습한다고 대회 나간다고 수업이고 야자고 빠질 때마다 그렇게 싫은 소리를 해 댔는데.

명호는 다이빙대에 서서 환하게, 더 환할 수 없을 만큼 눈부시게 웃어 보였다. 잠시 후 명호의 젊고 탄탄한 몸이 우아한 곡선을 그리며 수영장을 향해 낙하하기 시작했다.

'수영장 다이빙대가 저렇게 높았나?'

한참을 낙하한 것 같은데 명호의 몸은 아직 허공에 있었다. 이어 찢어질 듯한 비명이 들려왔다.

"선생님! 선생님! 살려 주세요! 아아아악."

배봉수는 목소리가 나오지 않았다. 비명도 신음도 나오지 않았다. 손가락 하나 움직이지를 않았다. 명호가 떨어지고 있는 수영장에는 돼지들이 가득 차 있었다. 돼지들은 버르적거리고 몸부림을 치고 울부짖어 댔다. 새파란 수영장 바닥도 맑은 물도 없었다. 오로지 끝없이, 끝없이 수영장 안에 가득 차 있는 돼지들뿐.

"선생님! 선생님! 여기 왜 이렇게 됐어요? 선생님인가요? 선생님이 이렇게 만들었나요?"

숙제를 한다는 아이들이 집에 왔다 간 뒤로 계속해서 꾸는 꿈이다. 잠에서 깨고 나면 새벽 2, 3시. 이후로는 한숨도 잘 수가 없었다.

"어차피 쓰지도 않는 학교 땅. 농장에 내주고 상부상조하면 더 좋겠네요."

"사실 이미 매몰 작업은 일부분 했는데 앞으로도 사안이 발생하면 계속 저곳을 써야 하니까 말해 두는 겁니다. 별일 아니니 그렇게 알고만 계세요."

……

"거긴 학교 바로 뒤쪽입니다! 더구나 수영장이 지척인 곳이라고요. 수영장에선 지하수를 쓰지 않습니까?"

이런 말을 한 번이라도 했던가. 아니다. 수영장이나 수영부 따위 뭐가 어떻게 돼도 상관없었다. 오히려 그 일을 눈감아 준 대가로 학교에 들어온 예산을 무용부에 쓸 수 있겠다는 생각에 차라리 잘됐다 싶었다. 무슨 상관인가. 이미 교장이랑 농장주가 다 입을 맞춰서 결정을 했다는데. 원래 회의는 결정된 사실을 전달만 받는 과정이었다. 거기에 입을 대봤자 피곤해지고 손해만 본다는 건 아주 옛날부터 알고 있던 사실이었다.

"봉수야, 모난 돌이 정 맞는 법이다. 세상에 맞춰 살아라. 괜히 나서서 반대하고 이 일 저 일 끼어서 목소리 내던 놈들 다 끝이 안 좋아."

186

어릴 때부터 귀에 못이 박히도록 들어 왔던 말들. 뭘 보든 아무 말도 하지 말고, 시류에 맞춰 살고, 그게 무엇이든 가만히 있는 게 이득이라는 무언의 유언들.

"그게 뭐가 어때서?"

거실로 조용조용 나와 물을 따라 마시며 배봉수는 억울한 듯 한마디 했다. 그 대가가 이건가? 그렇게 입을 꾹 다물고 학교 일에 협조하고 열심히 수업하며 살았더니, 정년도 못 채우고 퇴직이나 강요받고 말이다. 목소리를 안 내도 끝이 안 좋긴 마찬가지였다.

배봉수는 명호가 내내 마음에 걸렸다. 명호의 말이라면 순식간에 행동이 바뀌던 애들이었다. 담임인 자신보다 훨씬 더 신뢰를 받던 명호. 선생들에게 어차피 그 반 담임은 이명호 아니냐는 조롱 아닌 조롱을 받게 만들던 반장 명호. 아낌없는 응원과 호의 속에서 빛나던 아이. 세상의 올바른 것들이 다 자기편이고 인생에 그늘이 끼어들 틈이라곤 없는 듯이 행동하던 아이. 정확히 자신의 반대편에 있는 명호가 항상 거슬렸다. 이제 다 지난 일이고 인생의 말미에 조용히 살 일만 남았는데 또다시 꿈에까지 나타나서 평온한 일상을 뒤흔들고 있다.

'그렇게 화를 내던 명호가 스스로 목숨을 끊었을까?'

그동안 생각해 보지 않았던 의문이 마음속에 피어오르기 시작했다. 어두운 창에 자신의 모습이 비쳤다. 누가 봐도 늙은이인 남자가 거기 서 있었다. 이제는 별로 잃을 것도 없는 늙은이. 그렇다면 이제는 모난 돌이 되어도 상관없지 않나.

"진호야, 명호가 큰일 낼 것 같다. 너 좀 내려오면 안 되겠냐."

엄마가 전화를 할 때는 오빠 용건밖에 없었다. 엄마는 자신의 병에 대해서도 진호에 대해서도 이야기하지 않았다. 오로지 명호가 힘들다. 명호가 너 궁금해한다. 명호가 상을 받았다. 명호가 안 먹던 술을 먹는다. 명호가 살이 너무 빠졌다…….

엄마한테도 오빠한테도 소리를 지르며 화를 내고 싶었지만 한 번도 그러지 못했다. 어차피 아무 소용없는 일이라고 생각했다. 그런데 오빠와 엄마는 돌연 세상을 떠나 버렸다. 소리를 지르거나 화를 낼 기회도 주지 않고.

오빠의 물건도 엄마의 물건도 고스란히 남아 있는 집. 처분해야 했지만 아무것도 손대지 못한 집. 이진호는 이명호의 방에 앉아 그가 남긴 일기를 다시 읽었다.

오늘은 포클레인 작업하는 걸 봤다. 돼지가 구덩이로 들어가지 않으려고 버둥대면 포클레인 날로 찍어 죽이고 꾹꾹 눌러서 압사를 시킨다. 그 옆에서 밥을 먹고 잠을 잤다. 이 지옥이 언제까지 계속될까?

농장에서 병든 소한테 안락사 주사를 놨다. 보통 30초도 안 돼서 죽는데 그 소는 몇 분을 버텼다. 소가 죽는 순간까지 송아지가 어미젖을 계속 빨고 있었다. 농장주가 우느라고 고개를 못 들었다. 나는 눈물도 나지 않았다. 밥을 못 먹은 지 벌써 3일째다. 어머니까지 덩달아 몸이 안 좋아지는 것 같아 걱정이다.

기온이 너무 낮아서 주사가 아무 소용이 없다. 결국 생매장으로 가고 있다. 날마다 지옥을 보고 있다.

죽이고 죽이고 죽이고 죽이고 더 빨리 더 많이.

일기는 거기서 끝나 있었다. 그 일기 이후 오빠는 실종되었다. '죽이고 죽이고 죽이고 죽이고'에 자기 자신도 포함되어 있던 것일까? 일기에는 날짜와 시간별로 자신이 죽인 동물 수가 빼곡히 적혀 있었다. 판결을 받기 위한 자료처럼, 흡사 살생부를 보는 것 같았다. 자신의 잘못을 고할 때 하나라도 빠뜨리는 게 있을까 봐 심혈을 기울여 빽빽하게 적어 둔 기록을 보고 있자니 이진호는 한숨이 나왔다. 아마 오빠 성격에 일을 저지르기 바로 직전까지도 기록을 멈추지 않았을 것이다.

그렇다면 기록이 끝난 12월 3일까지는 살아 있었단 이야기겠지. 3일 이후 텅 빈 수첩을 한 장 한 장 넘겼다. 이 백지에 기록된 것은 자신의 살생부였을까. 얼마나 넘겼을까, 12월 3일 이후 한참 지난 곳에 연필로 갈겨쓴 메모 하나가 눈에 띄었다.

현웅농장 매몰지 문제. T 연락, 알아볼 것.

'이게 뭐지?'

수첩을 갖고 다니다 아무 데나 펼쳐서 급하게 메모를 한 흔적 같았다.

"현웅농장에서 돼지가 많이 죽었다는데 아무 데도 묻은 곳이 없어요."

아이들이 전해 준 이야기가 떠올랐다. 발치에서 우르르 진동이 울리기 시작했다. 수첩을 내려놓고 악을 쓰듯 울리는 전화를 들었다. 배봉수의 전화였다.

26

토요일 오후, 이진호 선생님에게서 연락이 왔다.

"영리야, 잠깐 선생님 좀 볼 수 있을까. 내가 너희 집 쪽으로 갈게. 선생님 현길리에 와 있거든."

늦은 낮잠을 자다 깨어난 영리가 밖으로 나가니 벌써 대문 앞에 선생님이 서 있었다.

"부탁이 있어서 왔어."

선생님이 봉투를 하나 내밀었다.

"아버지에게 영상 통화를 걸어 봐. 최대한 빨리. 그리고 이 사진을 보여 드려. 이 사진 속 사람을 본 적 있는지 꼭 물어 봐 주고. 이 사람이 실종 상태고 자살로 처리되었지만 아직까지 시신을 못 찾았다는 이야기도 좀 해 줘."

영리는 봉투를 받아 들고 고개를 끄덕였다.

"고마워. 아버지가 이 사람에 대해 안다고 하면 바로 나를 연결시켜 줘. 몇 시가 됐든 상관없어."

미처 대답할 새도 없이 체육 선생님은 어둠 속으로 사라져 갔다. 그리고 그날 늦은 밤, 먼저 연락하는 법이 없던 진호에게도 메시지가 왔다.

진호 우리 내일 볼 수 있을까?

영리 나도 연락하려고 했어. 만나서 얘기하자.

기현 그래? 내일 일요일인데.

진호 오늘 현상구를 만났고, 너희한테 꼭 보여 줄 곳이 있어.

영리 알겠어. 어디로 가면 돼?

진호 일단 학교 수영장으로.

수영장에 맨 먼저 온 사람은 기현이었다. 영리가 오고 진호가 마지막에 왔다.

"너는 네가 먼저 보자고 하고 제일 늦게 오냐. 난 오늘 나간다니까 아빠가 새벽 예배 보라고 해서 5시부터 일어났는데 말이야."

기현이 투덜거렸다.

"맞다. 너 교회 다녔지."

영리가 새삼스럽다는 듯 말했다. 진호는 아무 말 없이 수영장 주변을 돌아 옹벽 쪽으로 걸어갔다.

"너 갑자기 어딜 가는 건데?"

"여기로 와 봐."

진호는 다짜고짜 옹벽 뒤편에 숨겨진 가파른 오솔길을 오르기 시작했다.

"뭐야, 여기 이런 길이 있었어?"

기현과 영리는 영문도 모른 채 진호를 따라 올라갔다. 잠시 후 언덕 위에서 수영장이 내려다보이는 곳에 서자 둘은 진호가 그랬던 것처럼 탄성을 질렀다.

"와, 여기 어떻게 알았냐? 수영장이 한눈에 보이네."

"여기야, 너희한테 보여 주고 싶은 곳."

"현상구도 만났다며? 여기야?"

"응, 보여 주고 싶은 이유는 그게 아니야. 너희 발밑 땅 좀 한번 봐 봐."

진호의 진지한 말씨에 기현이 고개를 숙였다. 영리도 쭈그리고 앉아 땅을 살폈다.

"이상하지 않아?"

"그러네. 이 하얀 솜털 같은 건 뭐야?"

영리가 기분 나쁘다는 듯이 말했다. 한참 땅을 둘러보던 기현이 벌떡 일어서서 진호에게 말했다.

"여기구나!"

진호가 고개를 끄덕였다.

"여기였어. 우리가 찾던 매몰지. 여기서 길도 아닌 것 같은 길을 따라 내려갔더니 현웅농장이 나왔어. 농장에서 여기까지 15분이 채 안 걸려. 아마 돼지를 몰고 와도 30분 안에는 도착했을 거야."

"농장에서 가깝고 제법 공간이 있고, 수영장에 뭔가 흘러 들어 갈 수 있는 곳."

기현이 중얼거렸다.

"학교에서 봤을 때는 엄청 높아 보이는데 농장 쪽에서 올라오는 길은 완만해. 그래서 우리가 생각을 못 했던 거야. 그리고 어제 현상구랑 농장에 갔다가 또 이상한 소리를 들었어."

진호는 아무래도 현상구가 키우던 아기 돼지를 죽인 사람이 김 씨 같다고 했다. 그 말을 듣고 제일 놀란 건 영리였다.

"복실이를 그 사람이 직접 죽였다고?"

영리는 현상구의 키링을 꺼내고는 복잡한 표정을 지었다.

"너 설마 현상구한테 죄책감 느끼냐? 너를 그렇게 괴롭혔는데?"

기현의 물음에도 영리는 아무 말도 하지 않았다.

"영리 너도 만나서 할 말 있다고 했잖아."

진호가 묻자 그제야 말을 했다.

"어제 체육 쌤이 집에 찾아왔었어. 아빠한테 이명호 씨 사진을 보여 주면서 얘기를 해 볼 수 있겠냐고 하더라고."

"그래서 물어봤어?"

"응. 아빠가 사진을 보자마자 알아보는 것 같더라."

화면 속 아빠는 이명호 씨의 사진을 한참 들여다봤다. 선생님이 부탁한 대로 이명호에 대해 설명하자 아빠의 눈은 놀라움으로 점점 커졌다.

"이분에 대해 알면 선생님이 꼭 연락 달래요."

아빠는 고개를 끄덕였다.

"쌤 번호랑 메일 주소 보냈어. 어젯밤 늦게라도 꼭 연락 달라고 했으니 지금은 두 분이 연락했을지도 모르겠다."

상구는 주섬주섬 휴대폰을 찾아서 시간을 확인했다. 어이없게도 꼬박 하루를 잔 모양이었다. 벌써 일요일 저녁이다. 농장에서 어떻게 돌아왔는지도 모르겠다. 사방이 어두웠다.

"여기…… 야? 네가 복실이 잃은 곳이."

저세상에서 들려오는 듯한 진호의 목소리가 자신을 따라
온 것 같았다. 휴대폰에는 메시지가 쌓여 있었다.

아빠 상구야 어디 아프니? 계속 자네. 아빠 회사 가 봐야 한다.
밥 잘 챙겨 먹어라.

담임 상구야. 내일 학교 와서 선생님이랑 얘기하자. 일단 어른
들하고 얘기해야 하니까 꼭 학교 오도록 해. 아버지한테도 선생
님이 연락할게.

이건 또 무슨 말이지? 동휘가 보낸 메시지도 있었다. 서둘
러 열어 봤다.

동휘 현상구. 담임한테 보냈다. 그날 동영상이랑 메시지. 나 맘
잡고 살려고. 나야 당연히 별일 없겠지만 너도 큰일은 없을 거
야. 네 자랑 아빠가 있잖냐. 힘내.

벌떡 일어났다.
'강동휘 이 새끼가……'
누가 봐도 어설픈 임진호 말 따위에 속아서 담임한테 꼰

지른다고? 그날 영상을 찍었다고? 처음부터 이럴 생각이었던 거다. 그동안 내 덕에 학교생활 편하게 할 때는 언제고. 온몸이 부들부들 떨려 왔다. 그런데 이 순간 가장 무너트리고 싶은 사람은 동휘가 아니었다. 임진호도 계영리도 구기현도 아니었다. 바로 그 영감이었다. 망령같이 계속 내 인생을 망치는 영감. 죽어 마땅한 쓰레기 같은 인간.

상구는 책상 서랍 깊숙한 곳에서 그날 썼던 가면을 다시 꺼냈다. 역시 그냥 놀래 주는 것으로는 부족했던 거였어. 아주 죽였어야 하는 건데. 사실 그날 김 씨를 만나러 수영장에 갔을 때도 가벼운 장난 정도로 생각했다. 이미 오래 지난 일이니까, 적당히 혼이나 내 주자는 생각이었다.

그런데 어제 그 농장, 그 자리에 가 보니 아니었다. 임진호가 들었다는 그 소리는 아마도 자신의 머릿속에서 난 소리였을 것이다. 하나도 빼놓지 않고 기억났다. 그 웃음소리, 노랫소리, 그 모든 소리들이. 끊임없이 재생되는 그 하루가. 머릿속이 터질 것만 같았다. 가면을 주머니에 쑤셔 넣었다.

강동휘. 너도 목현병원으로 와. 어차피 다 들킨 거 아주 끝장을 낼 테니까 와서 똑똑히 봐.

밑도 끝도 없는 메시지를 동휘에게 날리고 아무도 없는 집을 나섰다. 자전거를 탔다. 목현병원을 향해 페달을 밟았다.

'아무것도 모르면서, 나에 대해 아무것도 모르면서. 편하고 멍청하게 사는 너희 같은 것들이 나를 알아? 내가 얼마나 힘들었는지 알아?'

단숨에 엘리베이터를 탔다. 영감이 입원해 있다는 4층을 눌렀다. 가슴이 터질 듯이 뛰었다. 앞으로 어떻게 되든 상관없었다. 출구를 잃은 미움, 모든 것을 망쳐 놓은 누군가에 대한 증오심만 널을 뛰었다. 그 누군가가 누군지도 이제 잘 모르겠지만.

병실은 벌써 조용한 어둠에 덮여 있었다. 첫 번째 침대는 아니다. 두 번째 침대는 비어 있다. 창가에 있는 세 번째 침대에는 커튼이 쳐져 있었다. 주머니에서 가면을 꺼내 얼굴에 썼다. 커튼을 휙 걷었다. 영감은 약하게 코를 골며 자고 있었다. 가면을 쓴 상구는 영감 귀에 대고 나지막이 휘파람을 불었다. 영감이 시도 때도 없이 틀어 대던 그 노래.

"히익. 힉힉."

눈도 채 뜨지 않은 영감이 괴상한 소리를 냈다. 꿈을 꾸는 모양이지.

"눈 떠. 눈 뜨라고. 꿈이 아니야. 어서 눈을 떠서 나를 보라니까."

상구는 영감의 어깨를 잡고 세차게 흔들어 대기 시작했다. 영감이 눈을 번쩍 떴다. 상구는 몸을 일으켜 영감을 내려다보았다.

"아아아아아아아아아악!"

영감이 믿을 수 없을 만큼 큰 소리로 비명을 질렀다.

"조용히 해! 이 시끄러운 영감탱이야! 그만큼 살았으면 이제 죽어!"

상구가 소리를 지르자 영감은 갑자기 몸을 일으키더니 두 손을 모아 빌었다.

"내가 그러려고 그런 건 아닌데. 하도 귀찮게 해 대니까는. 죽을지는 나도 몰랐지. 죽을지는……."

"무슨 소리를 하는 거야? 어? 복실이가 당신을 뭘 귀찮게 해!"

"내가 돼지는 잡아도 사람은 안 잡는데에에! 용서해 주소…… 용서……."

"무슨 소리냐고! 누가 사람을 잡아!"

정신없이 소리를 지르는 사이 이미 병실은 대낮같이 밝아져 있었다. 영문을 알 수 없었다. 어째선지 아빠가 와 있었다. 아빠뿐만이 아니다. 강동휘도 있고, 담임도 있고, 체육도 있고, 사방이 빙글빙글 돌기 시작했다.

 현 사장이 뛰었다. 상구 담임의 연락 때문이었다.

 "아버님. 상구가 아무래도 사고를 칠 것 같습니다. 지금 빨리 목현병원으로 오시죠. 친구 동휘한테 연락받은 내용 보냅니다."

 정신이 아득해지는 것 같았다. 상구가 김 씨를 기억하고 있는 줄은 꿈에도 몰랐다. 김 씨가 사고를 당했다기에 이참에 학교를 그만두게 할 생각으로 병원에 찾아갔을 때도 정작 김 씨는 자기를 알아보지도 못하는 것 같았다. 그런데 상구가 그 영감을 공격했다고? 상구가 한번 고집을 부리고 울기 시작하면 무슨 일이 꼭 일어나야만 상황이 끝났다. 병원에 가면 뭔 짓을 할지 모른다.

 동휘와 태 선생이 달렸다. 태 선생은 아무것도 모르는 척했지만 모든 것을 다 보고 있었다. 동휘와 상구가 진호나 영리를 은근히 괴롭히고 있는 것, 기현이 웹소설을 쓰고 있는 것, 졸업 앨범을 빌려 간 이유가 말한 그대로는 아니라는 것도 알고 있었다. 하지만 그는 알고만 있었다. 그래서일까. 올해는 초반부터 실패를 한 것 같았다. 교사로서, 아이들 담임으로서. 아니지, 올해만 실패한 건 아닌지도 몰라.

이진호도 병원으로 향하고 있었다. 알리 씨가 보낸 메일 속 김 씨는 바로 그 사람이었다. 한때 덤프트럭을 운전하고 돼지들을 무자비하게 잡았던 사람. 현웅농장의 궂은일을 도 맡아 하며 농장주의 신뢰를 얻었지만 같은 일꾼들에게는 누구보다 포악했던 사람.

내일을 준비하느라 모두들 어느 정도 체념한 마음으로 집에 머무는 일요일 저녁. 목현병원은 여기저기서 달려온 사람들로 분주해졌다. 노인은 허공을 향해 헛소리를 내지르고 있었고 상구는 가면을 쓴 채 쓰러져 있었기 때문이다.

"상구야! 현상구!"

현 사장이 쓰러진 상구를 들쳐 메고 서둘러 응급실로 내려갔다. 동휘가 머뭇거리다가 그 뒤를 따랐다. 태 선생과 이진호는 말을 잃은 채 노인을 내려다보았다. 노인은 계속 똑같은 소리만 해 대고 있었다.

"목사님. 구 목사님! 회개합니다. 회개합니다. 목사님. 목사님. 저를 살펴 주세요. 목사님, 목사님!"

노인은 몸을 뒤틀고 침을 흘리며 허우적거리면서도 끝없이 목사님만 외쳐 대고 있었다. 지옥에 가기 싫다고 다 회개하겠다고 목을 놓아 소리쳤다.

27

그날 밤에 있었던 모든 일은 일어나서는 안 되는 일이었다. 구제역에 걸린 돼지들은 몰이를 당할 때 발톱이 쑥쑥 빠졌다. 아직 병에 걸리지 않은 건강한 돼지들도 뒤에서 모는 사람과 곳곳에서 메아리치는 돼지들의 비명에 영문도 모른 채 우왕좌왕했다. 고요했던 산속은 윙윙거리는 포클레인 소리, 쉴 새 없이 흙을 실어 나르는 덤프트럭이 내는 굉음, 땀에 전 노동자들의 신음, 돼지들의 비명으로 가득했다. 생지옥, 그곳이 생지옥이었다. 땅속으로 들어가지 않으려고 발버둥 치는 돼지들을 포클레인이 사정없이 밀어붙였다. 작은 구덩이로 끝없이, 끝없이 생명이 추락했다. 어서 오늘 밤 안으로 일을 끝내 버려야 해. 최대한 빨리, 없던 일처럼. 알 수 없는 농장주의 다그침에 갈피를 잃은 사람들과 동물들 사이로 웬 젊은 수의사가 나타났다.

"안 됩니다! 이렇게 생매장하는 것은 불법이에요. 면적이 너무 좁고 학교랑 무척 가깝습니다."

이미 수차례 동물들을 죽이는 과정을 목격하고 스스로 죽이기도 한 수의사는 눈이 퀭하고 깡말라 있었다. 산송장 같은 수의사의 말에 신경 쓰는 사람은 아무도 없었다. 그곳엔 말을 제대로 알아듣지도 알아들을 필요도 없는 외국인들뿐이었고, 그들의 피로는 이미 극에 달해 있었다.

자정이 넘어서자 비가 내리기 시작했다. 빗소리, 굉음, 비명에 묻혀 수의사의 절규는 더 이상 들리지 않았다. 일이 거의 마무리되고 현웅농장에서 가장 오래 일한 외국인 노동자 알리 씨와 덤프트럭 운전사 김 씨만 남았다. 이제 흙만 몇 번 더 퍼 나르면 끝인데 수의사는 지치지도 않는지 사방을 뛰어다니고 있었다.

부르지도 않았는데 어떻게 알고 쫓아온 건지. 김 씨는 안 그래도 자기만 보면 잔소리를 해 대던 수의사가 못마땅한 터였다. 짐승 새끼들한테 의사가 가당키나 한가. 병 걸리면 돼지면 그만이지. 무슨 주사를 놓고 안락사를 시키고 호들갑을 떤단 말인가. 김 씨는 창을 열고 수의사를 향해 욕지거리를 해 댔다.

일을 조용하게 빨리 끝내 버리라고 며칠씩 닦달을 당하던 김 씨는 피곤해 죽을 지경이었다. 오늘 일은 병 걸린 새끼 돼지들을 몇 마리 손보는 것과는 차원이 달랐다. 자신을 야차나 짐승 보듯 하면서도 온갖 지저분한 일에 다 써먹는 농장주와 농장주의 아들 때문에도 화가 머리끝까지 나 있던 참이었다. 포클레인으로 땅 파는 일도 흙을 나르는 일도 다 자신이 해야 했다. 농장주가 쓸데없는 일에 뭐 하러 사람 쓰고 돈 쓰냐며 소리를 질러 댔기 때문이다. 겹치고 겹친 피곤과 고단함이 화를 불러일으켰다. 그래서 어쩌면 운전대를 더 거칠게 잡고 핸들을 마구잡이로 돌렸는지 모른다.

새벽이 희붐하게 밝아 올 무렵이었다. 이제 마지막 구덩이만 퍼내고 덮으면 끝이다. 끝나면 막걸리나 한 사발 먹고 긴 잠을 자야지. 기진맥진한 김 씨가 막 핸들을 돌리려던 참이었다.

"스탑! 스탑! 여기 사람 있다!"

알리의 다급한 외침이 들렸다.

그랬다. 그 난리 통에 사람까지 죽었다. 김 씨는 밤새 포클레인 날로 흙을 수없이 퍼냈다. 돼지들을 무작위로 묻었다.

그리고…… 사람, 사람을 친 기억은 없었다. 하지만 제 기억을 믿을 수도 없었다. 언덕에는 온갖 울음소리가 가득했으니까. 그제야 정신이 말짱해졌다. 찬물을 끼얹은 듯 온몸이 경직됐다. 시간이 느리게 흐르는 와중에 머리는 휙휙 돌아가기 시작했다.

동네에서 알아주는 의사가 죽었으니 그것만으로도 난리가 날 것이다. 다 늙어서 쇠고랑을 찰 순 없다. 쇠고랑을 차기 전에 일을 제대로 마무리 못 했다고 농장 영감한테 먼저 죽을 수도 있다. 그 힘없어 보이는 영감이 얼마나 독하고 무서운지는 김 씨가 가장 잘 알았다. 다행히 그곳에는 얼뜨기 같은 알리 빼고는 아무도 없었다. 새벽, 그것도 세찬 비까지 내린 새벽이었다. 변두리에 있는 농장에서도 한참 떨어진 그 산비탈은 짐승이든 사람이든 묻어 버리기 딱 좋은 곳이었다.

김 씨는 결심했다. 이 일을 없던 일로 하자고. 모르는 척 살던 대로 살면 되는 것이다. 그것은 김 씨가 지금까지 세상을 살아온 가장 쉬운 방법이었고 제일 잘할 수 있는 일이었다. 뭐든 묻어 버리는 일. 없는 셈 치는 일. 그래서 김 씨는 이제껏 해 오던 대로 했다.

제목: 그날 돼지를, 누구를 몰고 간 거대한 기계

나는 추방을 당하지 않았더라도 그냥 나왔을 거다. 왜냐하면 그곳에서 사람이 죽었으니까. 돼지를 죽이는 것도 힘들었지만 사람이 죽는 것까지는 참기 어려웠다. 내가 농장에서 일할 때 수의사는 병든 동물을 살리려고 왔다. 하지만 더 많은 돼지가 병에 걸리자 수의사가 병들지 않은 동물까지 죽여야 했다. 그는 괴로워했다.

수의사의 괴로움에 나는 느꼈다. 다른 것이 아닌, 내가 인간이라는 사실을. 그리고 여기 있는 한 나는 인간으로 살기는 어렵다는 것도. 덤프트럭은 멈추지 않았다. 돼지가 살아 있는데도, 흙을 나르는 깨끗하지 못한 트럭. 나는 늦게 발견했다. 트럭 밑에 있는 사람은 얼굴이 없었다. 빈 사람. 하지만 나는 누군지 알 수 있었다. 돼지들에게 주사를 놓을 때 그의 손을 봤다. 얼굴을 알아볼 수 없어도 손은 그대로였으니까. 미스터 킴은 차에서 내려 흙과 피가 가득한 그를 짐칸에 실었다. 병원에 간다고 했다. 사실 잘 알아듣지는 못했다. 늘 욕을 하고 침을 뱉던 미스터 킴이 무서웠고 그날은 그 구덩이에서 걸어 나온 악마처럼 보였다.

나는 그 후에 수의사가 어디로 갔고 어떻게 됐는지 몰랐다. 그날 우리가 한 모든 일, 내가 봤던 모든 일은 언제 어디서도 말하지 말라고 몇 번이나 다짐을 받았다. 나는 그저 나쁜 꿈이라고 생각했다. 다만 나는 떠나야 했다. 여기 계속 있으면 나도 얼굴 없는 사람이 된다는 생각이 들었다. 사장은 더 이상 농장에 나올 필요가 없다고 했다. 나라에서 나를 잡으러 올 거라고, 외국인들이 병을 옮겼다고. 어차피 떠날 생각이었다. 도저히 그 일을 계속할 수는 없었으니까. 아내도 자식도 그 순간에는 생각나지 않았다.

나는 그날 너무 낯선 곳, 지옥에 와 있다는 걸 알았다. 나는 더는 할 수 없다고 느꼈다. 떠나는 것 외에는. 더 죽이고 싶지 않았고, 아니 죽일 수 없었고, 얼굴이 없는 채로 죽고 싶지도 않았다.

알리 씨가 보낸 메일은 번역을 돌려서인지 이상한 시처럼 보이기도 했다. 돼지를 몰고 가는 거대한 기계, 흙을 나르는 깨끗하지 못한 트럭 같은 말들은 그날 일만큼이나 비현실적으로 느껴졌다. 영상 통화 화면 속 알리 씨의 커다란 눈에 눈물이 고였다. 그는 이명호의 실종이 아닌 죽음을 본 최초의 사람이었다. 그는 묻어 버린 것을 다시 세상으로 불러올 수 있는 유일한 사람, 목격자였다.

"제가 한국으로 가겠습니다."

28

기현은 드디어 소설 마지막 화를 올렸다. 곧장 아이들에게 읍내에 새로 생긴 카페에서 만나자고 했다.

"나 만나기 전까지 절대 보면 안 돼. 너희들한테 꼭 보여주고 싶은 게 있으니까."

#최종회 괴물과 맞서다

(……)

한참 눈물을 흘리던 기운은 다시 일어났다. 이제 끝을 내야 할 때가 됐다. 거대한 구덩이에서 나온 그것은 수영장 바닥을 기어다니며 꿈틀대고 있었다.

"이제 그만 네 자리로 돌아가!"

기운의 손에서 어마어마하게 밝은 빛이 쏟아져 나왔다. 모든 것을 말려 버릴 만한 희고 맑은 빛줄기였다.

놈은 사방으로 번지는 빛에 쏘일 때마다 더 격렬하게 몸을 뒤틀었다. 그러나 소용없었다. 놈의 거대한 몸집은 기운의 빛이 닿을수록 점점 쪼그라들었다. 검은 웅덩이로 변하는가 싶더니 라면 냄비만큼 작아졌고 이내 커피 잔만 하게 줄어들어 사라져 버렸다.

"나는 돌아온다. 돌아오…… 돌아온다…….”

"결국은 괴수 소설에서 벗어나지 못하고 끝났구나. 약속한 비율대로 받아도 부자가 되는 거 맞냐?"

영리가 노트북 화면에서 고개를 들며 투덜거렸다.

"조회 수가 거의 안 나와서 유료 연재가 될지 모르겠어. 일단 올려 놨으니 다시 고쳐 보지 뭐."

"진짜 너는 끝까지 뻔뻔하다. 황당하네."

"그렇다고 소설 안에 실화를 넣을 수는 없잖아."

진호가 고개를 끄덕였다.

"그건 맞아. 예의가 아니긴 하지."

"근데 엄청 미리 보지 말라고 하더니 특별한 건 없는데?"

"중요한 건 내 소설이 아니야. 여기 댓글 좀 보라니까."

태리우스 미스태리우스 작가님 응원해요. 작가님이 소설을 완성해서 누구보다 기쁩니다. 작가님은 저보다 훨씬 더 좋은 작가가 될 거예요. 저의 본업은 교사입니다. 지금까지는 그 일을 영혼 없이 하고 있었는데 작가님 글을 보면서 제 일의 의미를 조금 깨달았어요. 작가님 덕분에 정신 차립니다. 그동안 정말 애썼어요.

"태리우스?"

"태리우스면 네가 웹소설을 쓰는 데 가장 큰 영향을 미쳤다는 그분 아니야?"

"진호야, 역시 기억하고 있구나. 넌 돈만 신경 쓰고 독설만 날리는 계영리 하고는 차원이 달라. 맞아, 태리우스. 내가 여기까지 올 수 있게 한 원동력이 된 작가님."

기현이 감격스러운 듯 모니터를 쓰다듬었다.

"네가 어디까지 왔는데? 지금 조회 수가 10이야. 우리 빼면 한 5명 본 것 같은데?"

"됐어. 태리우스 작가님이 댓글 단 이상 여기는 성지가 된다고. 난 죽어도 여한이 없어. 태리우스 님이 댓글을 단 것도 모자라서 내 덕분에 정신까지 차렸다고 하시잖아. 이건 너무나 완벽한 피날레야."

"이진호 선생님도 네 소설 마지막 화 올렸다고 하면 좋아하실 텐데."

"맞다. 요즘 체육 쌤하고 연락한 사람 있어? 집에 통 없는 것 같아. 어제도 가 봤는데 인기척이 없었어."

"아직 힘드시겠지. 우리 아빠 만나서는 많이 울었다고 들었어. 우리 앞에서는 한 번도 그런 모습 안 보였잖아."

김 씨는 기현의 아버지 구자현 목사를 만났고 구 목사의 끈질긴 설득 끝에 자신의 죄를 고백했다고 했다. 수영장에서 귀신을 봤다고. 사람이고 짐승이고 지옥에 가면 다들 자기를 잡아먹을 거라고 벌벌 떨면서.

"그 사람이 너희 교회를 다니고 있었을 줄이야. 난 그게 더 놀라워."

"그러니까. 처음부터 우리 아빠한테 물어봤으면 뭘 더 빨리 알아낼 수도 있었을 텐데."

"회개하고 천국 가고 싶다고 난리였다며? 난 그런 사람 있는 천국이라면 안 가려고."

"체육 선생님한테는 아직 사과도 안 했다면서."

"사과는커녕 오지도 못하게 한다던데. 얼굴 보면 소리 지

211

르고 난리라고 식구들이 못 만나게 했대."

"정말 끝까지 악질인 영감탱이야. 체육 쌤은 괜찮을까."

영리가 한숨을 푹 쉬었다. 영리가 다른 사람 때문에 그렇게 속상한 표정을 짓는 건 본 적이 별로 없었다. 진호가 그런 영리에게 조심스럽게 물었다.

"그런데, 영리 너 메시지 진짜야? 카자흐스탄으로 간다는 거."

"응. 아빠 출국할 때 같이 나가기로 했어."

기현이 영리의 말에 화들짝 놀라서 재차 물었다.

"뭐야, 장난으로 한 말이 아니었어?"

"장난 아닌데? 나 원래 빈말 같은 거 안 하는 거 몰라?"

"너 목현읍 밖으로 한 번도 안 나가 봤다며. 근데 비행기를 탄다고?"

"그러는 구기현 넌 타 봤냐?"

"난 타 봤지. 제주도도 가 봤으니까. 넌 한 방에 너무 크게 점프하는 거잖아."

진호가 둘의 말을 듣고 있다가 천천히 말했다.

"영리 너 간다니까 많이 섭섭하다. 그동안 재미있었는데. 꼭 다시 돌아와. 졸업은 같이하게."

영리가 그런 진호를 물끄러미 바라봤다.

"진호, 사람 뭉클하게 하지 마. 그냥 평소대로 AI같이 말하란 말이야."

기현이 그 모습을 보더니 쿡쿡 웃었다.

"나가자. 우리 오늘 거기도 다시 가 보기로 했잖아. 곧 해 지겠어."

셋은 카페를 나와 학교로 향했다. 수영장 뒤 매몰지에 들러 보기로 했었다. 곧 있으면 어느새 방학이다. 여름 방학 동안 매몰지를 다 복원하고 수영장도 철거한다고 했다. 아주 싹 다 갈아엎어 버릴 모양이었다.

언덕에는 여름 기운이 가득했다. 푸석푸석하던 자리에도 햇빛 드는 시간이 늘어나니 거짓말처럼 생명의 기운이 돌기 시작했다. 그 많은 돼지가 고통스럽게 묻혔던 자리는 이제 일부러 만들어 놓은 정원처럼 보이는 듯했다. 오후가 되자 하늘빛이 부드러운 파랑으로 바뀌고 황금빛 태양이 사방을 물들였다.

"여기도 이 시간에는 꽤 예쁘네."

"이 시간이 마법의 시간이래. 태양 빛이 지면에 평행하게 들어오는 시간. 모든 것이 황금빛으로 물들어서 아름답게 보인대."

진호가 설명을 하며 쭈그리고 앉았다. 그리고 고개를 숙여 땅에 귀를 기울였다. 영리와 기현도 숨죽였다. 진호가 한참 있다가 일어났다.

"아직도 무슨 소리가 들려?"

"들리는 것 같은데 모르겠어. 원래 무슨 소리인지 아는 건 항상 한참 뒤니까."

"그러게. 왜 뭐든 한참 뒤에 알게 되는 거지."

영리가 쓸쓸하게 웃었다.

29

그 시간, 이진호는 학교에서 사건 관계자들을 만나고 있었다. 김 씨의 자백으로 오빠의 죽음이 밝혀졌고 얼마 떨어지지 않은 곳에서 유골도 찾을 수 있었다. 배봉수 선생과 알리 씨의 증언으로 매몰 과정의 불법적인 일들도 드러났다. 오늘도 여러 가지 일을 수습하기 위해 모인 자리였다. 모든 것이 묻혀 있었던 기간이 길었기 때문에 지난날을 수습하는 시간도 아주 길 거라고 생각했는데 누군가는 서둘러 봉합을 하고 마무리를 지어 버리려고 난리였다. 현 사장은 학교 땅을 매몰지로 내준다는 다짐을 아버지가 받아 냈다는 것 외에는 아무것도 몰랐다고 했다. 농장의 돼지들이 여러 차례 생매장당한 것도, 거기서 사람이 죽은 것도, 침출수가 흘러들어 수영장이 엉망이 된 것도 전부 몰랐다고 했다.

"어쨌든 선친의 사업 과정에서 그렇게 되신 거니까 제가 할 수 있는 데까지는 책임지려고 합니다. 늘 그렇게 살아왔고 아들에게도 그렇게 가르치고 있으니까요. 우리 상구도 지나치게 정의감이 강하다 보니 사고를 친 것 같고."

함께 모여 있던 태 선생과 구 목사가 어이없는 눈으로 쳐다봐도 그는 아랑곳하지 않았다. 수영장을 철거할 수 있다는 말에 교장만 기분 좋은 얼굴로 맞장구를 치고 있었다.

"그리고 유족인 이진호 선생님은 지금 기간제로 근무하고 계시죠? 정교사로 일할 수 있도록 제가 이사회에 말씀드렸습니다. 목현고 졸업생이기도 하고 교장 선생님도 그렇게 생각하고 계시고요."

교장이 고개를 끄덕였다.

"사장님. 그런 이야기 전에 먼저 해야 할 이야기가 있는 것 같습니다."

구 목사의 말에 현 사장이 눈을 둥그렇게 떴다.

"그게 뭡니까?"

"아마 진심으로 하는 사과 아닐까요."

그는 알아듣지 못하겠다는 표정을 내비쳤다.

"사과요? 사고는 김 씨가 저지른 건데 왜요? 저도 그 사람 아주 싫어합니다."

"사고의 주체가 현웅농장이니까요. 김 씨는 거기서 일하던 노동자였고."

"저희가 돼지를 묻으라고 했지 거기서 사람 죽여서 묻으……."

구 목사가 급하게 현 사장의 손을 잡으며 고개를 저었다.

"아, 말실수를 했네요. 어쨌든 저는 일찍부터 아버지의 사업 방식에 동의하지 않았습니다. 그래도 어쩌겠습니까. 아버지인걸. 하여튼 저는 도의적인 책임은 다 지겠다고 했으……."

이진호가 말을 끊었다.

"자꾸 도의적이라고 말씀하시는데 그 말은 직접적인 책임은 전혀 없다는 뜻인가요? 지금 잘되고 있는 그 사업도 다 아버지의 유산을 물려받아 하시는 거고 매몰지 선정 과정에도 분명히 참여하시지 않았나요?"

현 사장이 짜증스럽게 컵을 들어 물을 꿀꺽 마셨다.

"그러니까 매몰지 복원이며 수영장 철거며 돈 대겠다는 거잖아요. 요즘 제가 하는 사업도 썩 잘되질 않아요. 여름은 비수기이기도 하고요. 저는 다른 일이 있어서 가 보겠습니다. 이제 이런 자리에 더 부르는 일은 없었으면 좋겠네요."

현 사장은 물컵을 소리 나게 책상에 탁 내려놓고 일어섰다. 그런 현 사장에게 태 선생이 서둘러 말했다.

"현상구 학생 학교폭력위원회, 이번 주에는 열어야 합니다. 곧 피해자 중 한 명인 계영리 학생이 출국하거든요. 상구도 이제 많이 회복되었죠? 같이 나오셔야 합니다."

그 말에 현 사장이 다시 소파에 앉았다.

"학폭위를 열어요? 상구가 걔네한테 뭘 했다고요?"

"지난번에 이야기 다 드렸을 텐데요. 사이버 폭력, 언어폭력, 위협 그리고 구기현 학생이 쓴 소설 원고를 찢었고요."

"소설이요? 아, 그 웹소설인가 뭔가 그거요? 그런 저질 나부랭이도 소설인가?"

구 목사가 더는 분을 참지 못하고 벌떡 일어섰다.

"제가 피해 당사자 학부모인데도 말을 아끼고 있는 거 안 보입니까? 자식 키우는 아버지면 앞뒤를 생각하고 말을 해야지요! 현상구 학생이 뭘 보고 배웠……."

태 선생이 구 목사의 옷 끝자락을 조심스럽게 잡아당겼다.

"기현이 아버님, 참으십시오. 학교폭력위원회 열면 그때 얘기하시는 게 나을 것 같습니다. 그리고 상구 아버님, 기현이가 쓰고 있는 소설은 저질이 아닙니다. 웹소설은 수많은 작가들이 고군분투하는 엄연한 전문 분야고요. 아버님도 한 번 읽어 보시면 어느새 결제를 하고 있을 수도……."

당황한 교장이 황급히 태 선생의 말을 막았다.

"태 선생, 지금 도대체 무슨 소리를 하고 계시는 겁니까? 선생님도 잘한 것 없지 않습니까. 학급 관리를 어떻게 해서 이런 일이 생기냐고요."

"네, 제가 부족함이 너무 많았습니다. 백번 화내셔도 할 말이 없습니다. 이제라도 어른들이 모였으니 아이들 앞에 부끄럽지 않게 문제를 잘 정리했으면 좋겠습니다."

태 선생의 멀끔한 사과에 교장이 한숨을 쉬며 고개를 끄덕였다. 현 사장은 태 선생의 말을 채 듣기도 전에 미간을 찌푸리며 나가 버렸다. 구 목사가 멍하니 그 뒷모습을 쳐다봤다. 이내 옆에 앉은 이진호 선생을 보고 말했다.

"선생님, 죄송합니다. 이 일이 금방 마무리될 것 같지는 않으니 마음을 굳게 가지세요. 워낙 묻혀 있던 것들이 많아서 오래 걸릴 거예요."

"목사님이 왜요. 덕분에 이 일이 밝혀진 거나 다름없는데요. 제가 죄송하고 감사합니다."

이진호는 쓴웃음을 지었다. 어느새 노을이 지고 있었다. 이런 결과가 내가 바라던 끝이었던가? 아무것도 제대로 끝난 것 같지가 않았다. 아마 오빠도 저런 사람들과 싸우다 절망했겠지. 자기 힘으로 바꿀 수 있는 게 없다는 생각이 들었겠지. 씁쓸한 마음으로 자리를 마무리하고 밖으로 나왔다. 어느새 발걸음은 수영장 쪽을 향하고 있었다. 해가 들지 않는 수영장에 컴컴한 기운이 드리웠다. 답답함에 길게 한숨을 쉬었다. 그때였다. 수영장 위쪽에서 메아리치듯 소리가 들려왔다.

"진호 쌤!"

"체육 쌤!"

"선생니임!"

이진호가 고개를 들었다. 거기에 아이들이 있었다. 오후의 황금색 햇살을 받으며 언덕 위에 서서 손을 흔드는 아이들. 저도 모르게 웃으며 손을 흔들었다.

"쌤도 여기로 올라오세요!"

"여기 엄청 예뻐요."

"그래, 올라갈게!"

이진호는 미소 지으며 발걸음을 옮겼다.

30

매몰지 복원 공사는 생각보다 빠르게 끝났다. 포클레인으로 파낸 땅 밑에선 아직도 형태가 남아 있는 사체들이 나왔다. 매몰지에는 동물들을 위한 추모비가 세워졌고 추모비에는 구 목사가 구제역 사태 때 쓴 선언문과 추도문이 새겨졌다.

하나님은 이 세계를 창조하시고 보기에 참 좋았다고 말씀하셨다. 이 아름답고 존귀한 세계에는 인간만 살고 있는 것이 아니며, 이 세계에 살고 있는 수많은 생명이 인간의 이익을 위해 존재하는 것도 아니다. 인간과 더불어 살아가는 수많은 생명을 착취하고 유린하는 것은 신의 뜻이 아님은 분명하다. 살처분당하는 수백만의 동물은 살기 위해 이 세상에 왔고, 인간과 마찬가지로 각자의 삶을 살아갈 권리가 있다.

당장 이 죽음의 행진을 멈춰야 한다. 그것이 이 세상을 좋은 곳, 귀한 곳, 아름다운 곳으로 다음 세대에게 이어 주기 위해, 우리가 해야 할 일이다.

무고하게 죽어 간 동물들의 넋을 위로하고 사죄한다.

영리와 이진호는 추모비를 천천히 읽었다.

"이거 기현이 아버지가 구제역 사태 때 쓴 거래요. 보광사 주지 스님하고 목현성당 신부님도 같이 발표하고요."

"응, 나도 들었어. 구 목사님한테 여러모로 신세를 많이 지네. 참 좋은 분이야."

"이명호 선배님 추모비의 글은 배봉수 선생님이 썼다던데요? 저는 쌤이 쓸 줄 알았어요."

"나는 아직 오빠한테 그런 글을 쓸 자격이 없어. 아직 해야 할 일도 많고."

영리가 그 말을 듣고 고개를 끄덕이더니 천천히 말을 이었다.

"음…… 저는 지금까지 동물들을 좋아한다고 생각했어요."

"좋아하는 거 이상 아니었어? 먹이도 주고 보살펴 주기도 했잖아."

"이번 일을 겪으면서 그런 일이 무슨 의미가 있을까, 그런 생각이 들었어요. 너무 복잡하고, 이해도 안 되고."

"뭐든 의미를 아는 데는 시간이 걸리지. 나를 봐. 지금도 헤매잖아. 그래서 낯선 곳에 훌쩍 가려는거니?"

영리는 말을 하려다 말고 고개를 끄덕였다. 저쪽에서 기현과 진호가 오는 게 보였다.

"아, 오려면 좀 빨리 오지. 내 송별횐데 내가 제일 빨리 오냐."

영리가 툴툴거렸다.

"네 작별 선물 사오느라고 늦었지."

"옜다. 꽃다발."

기현이 꽃다발을 건네자 영리가 멋쩍은 듯 웃었다.

"이 가방은 생존 가방이야. 언제 어디서든 살아남으라고."

진호가 영리에게 가방을 내밀었다.

"무슨 생존 가방이야! 거기도 있을 것 다 있는데!"

"뭐 상징적인 거지. 언제 어디서든 잘 살라는 우리들의 염원이랄까?"

기현이 거들먹거렸다.

이제는 연못이 있는 정원이 된 수영장 자리를 돌며 넷은 이야기를 나누었다.

"기현이 소설 잘 읽었어. 모든 걸 다 말려 버리는 이야기던데?"

이진호의 말에 기현이 후, 한숨을 쉬었다.

"근데 끝이 이상하게 찝찝해요. 뭔가 이야기를 하다 만 것 같고."

이진호가 미소를 지으며 대답했다.

"축축하고 어두운 게 눈앞에서 사라진다고 끝나는 건 아니니까. 요즘은 찝찝한 채로 사는 게 맞는 게 아닐까 싶기도 해."

"선생님 그만두신다면서요. 영리도 가고 선생님도 가고 정말 섭섭하고 허전해요."

"쌤, 진호가 이런 말 잘 안 하는 거 아시죠. 얘가 이 정도면 진짜 슬프다는 거예요. 대체 왜 그만두세요."

이진호는 잠시 멈추더니 작은 연못을 응시했다.

"내가 말했잖아. 나는 가르치는 게 맞지 않다고. 한 학기

만에 더 잘 알게 된 거지 뭐. 그래도 너희들 만난 건 진짜 좋았어. 목현에는 자주 올 거야. 너희들도 있고 오빠도 있고 집도 있고. 아직은 해결할 일도 많이 있으니까."

횡설수설하는 김 씨의 이야기를 들을 때 이진호는 어쩌면 오빠가 진짜로 목숨을 저버린 건 아닐까 생각했다. 더 이상 견디고 싶지 않았을지도 모른다고. 그 순간 그가 어떤 생각을 했을지 감히 알기 어려웠다. 하지만 한 가지만은 분명했다. 오빠가 어떤 선택을 했건 그 선택 뒤에는 살리고 싶은 마음이 있었다는 것. 죽이기 싫은 마음, 죽도록 내버려두기 싫은 마음. 그렇다면 앞으로도 할 일이 많을 것이다. 무덤이었던 매몰지에서도 새롭게 풀과 나무가 자라고, 누군가 죽고 사라지고 졸업을 해도 새로운 아이들은 학교로 계속 들어오니까.

"다음 주 추모식에선 사람들 많아서 이야기하기 힘들잖아. 오늘 우리끼리 송별회 제대로 해야지. 일단 밥 먹으러 가자. 선생님이 맛있는 거 사 줄게. 배고프다."

이진호가 추모비를 물끄러미 보다가 목소리를 가다듬으며 말했다.

"오늘은 쌤도 맛있게 먹을 수 있는 곳으로 가요. 고기 잘 못 먹잖아요."

영리가 말했다.

"그래, 얼른 가자."

정원에 바람이 후욱 불어왔다. 연못 위로 살구나무 잎이 툭 떨어졌다. 수영장 가에 서 있던 살구나무였다. 다 사라졌지만 그 나무만은 아직 남아 있었다. 나뭇잎 떨어진 자리에 연못의 물살이 이지러졌다가 제 모양을 찾아갔다.

천천히, 아주 천천히.

작가의 말

이 책의 초고는 책의 배경이 된 비극적인 사건이 일어난 지 몇 년 지나지 않았을 때 썼습니다. 자동차를 타고 도로를 지날 때 쌓인 눈이 질척해지도록 뿌려 대던 소독약과 차마 볼 수 없었던 뉴스 화면 속 소리들, 끝날 것 같지 않은 죽음의 행렬이 아직 생생한 때였습니다. 거대한 사회적 사건이 한 개인의 삶을 비집고 들어와 어떤 식으로 변화를 주고 상흔을 남기는가, 저는 늘 그런 문제에 관심이 있었습니다. 대개 우리는 고통의 시간을 통과한 후 어느 정도 정신을 차린 후에야 말을 하고 따져 묻고 진상을 밝히고 비로소 억울한 이에게 사과하는 과정을 거칩니다. 그런데 우리는 정말 그렇게 해 왔던가요? 그동안 이래도 되나 싶은 사건들이 일어나고 또 일어났지만, 정말 정신을 차려 따져 묻고 눈앞의 사태를 알아내려 했던가요? 그 무책임의 결과를 지고 있는 이들은 늘 가장 죄가 없는 존재들이라는 생각에 마음이 무겁고 아픕니다.

오랜 시간 세상에 나오지 못한 '이야기'들은 자신을 가둬놓고 내놓지 않은 주인에게 단단히 화가 나서 복수를 하려 한다고 합니다. 재미있는 이야기를 나만 알고 있지 말고 사람들에게 들려줘야 한다는 설화지만 저는 다르게도 느껴집니다. 내놓지 않고 묻어 버린 것들은 어떤 식으로든 비집고 나오니 더 큰 화가 나기 전에 세상에 보내야 한다는 뜻이 아닐까 싶습니다. 이 책에 등장하는 수많은 존재는 실제로 '묻혀' 있습니다. 묻힌 것들이 세상에 나와서 자기 이야기를 할 수 있도록 해야 합니다. 비록 우리가 '찝찝한 채'로 살아갈 수밖에 없다 해도요.

작가와의 만남에 가서 자주 받는 질문 중 하나가 책을 쓰는 데 시간이 얼마나 걸리냐는 물음입니다. 이 질문을 받을 때마다 약간 망설이게 됩니다. 책을 쓰는 데 걸리는 시간의 시작과 끝을 언제로 잡아야 할까 싶거든요. 수없이 고치는 시간들은 영원히 끝나지 않을 것처럼 느껴지기도 하니까요.

이 책의 초고를 쓴 최초의 날짜를 찾아보니 대략 9년 전이었습니다. 그동안 제일 처음 썼던 원고와 비교를 할 수 없을 만큼 이야기의 모든 것이 바뀌었습니다. 이 이야기는 세상에 나오기도 전에 세상과 함께 변해 간 셈입니다. 정말 세상에 나올 수 있을 것 같지 않았던 묻힌 이야기를 책이 되어 나오게 해 준 사계절출판사 김태희, 최경후 편집자님께 정말 감사드립니다. 덕분에 제가 이 이야기들에 앙갚음을 당하지 않게 되었습니다. 서늘하고 흥미진진한 책 표지를 완성해 주신 헤디 작가님께도 감사합니다.

묻힌 이야기를 밖으로 꺼내 이것이 무엇인지 질문하고 '그래서 그다음은……'을 그려 보는 과정은 내 옆의 다른 이들과 손을 잡아야 할 수 있는 일이라는 것을 다시 한번 깨닫습니다. 이제 이 책을 읽은 여러분도 함께 손을 잡은 사람들입니다.

김선정

물 없는 수영장

2024년 8월 19일 1판 1쇄
2024년 11월 5일 1판 2쇄

지은이　　김선정
편집　　장슬기 윤설희 최경후 이여름
디자인　　조정은
제작　　박홍기
마케팅　　김수진 강효원
홍보　　조민희
인쇄　　천일문화사
제책　　J&D바인텍

펴낸이　　강맑실
펴낸곳　　(주)사계절출판사
등록　　제406-2003-034호
주소　　(우)10881 경기도 파주시 회동길 252
전화　　031)955-8588, 8558
전송　　마케팅부 031)955-8595　편집부 031)955-8596
홈페이지　　www.sakyejul.net
전자우편　　literature@sakyejul.com
트위터　　twitter.com/sakyejul
인스타그램　　instagram.com/sakyejul_teen

© 김선정 2024

값은 뒤표지에 적혀 있습니다. 잘못 만든 책은 구입하신 서점에서 바꾸어 드립니다.
사계절출판사는 성장의 의미를 생각합니다.
사계절출판사는 독자 여러분의 의견에 늘 귀 기울이고 있습니다.
이 책은 저작권법에 따라 보호받는 저작물이므로 무단전제와 복제를 금합니다.

ISBN 979-11-6981-223-8 44810
ISBN 978-89-5828-473-4 (세트)

↳ 사계절 청소년문학 유튜브 호호책방
　『물 없는 수영장』편 보기